茨木野 ibarakino

[イラスト] 一乃ゆゆ

高校生WEB作家のモテ生活
「あんたが神作家なわけないでしょ」と僕を振った幼馴染が後悔してるけどもう遅い

koukousei WEB sakka no moteseikatsu

もし時を戻せるなら、
自分に言ってやりたい。
ここでオッケーしていれば——

「はぁ？　つきあってください？
あり得ないから」

「この間は告ってきたくせに！」
なんて強気はすぐ消えた。
もう遅い。
彼の心に自分は――いない。

「あのときに！　あのときに戻りたい！
戻してよおおお！」

アイドル歌手
アリッサ・洗馬
「ありっさ せば」
神作家
上松勇太
「あげまつ ゆうた」
美少女イラストレーター
三才山 鵠
「みさやま こう」

人気声優
駒ヶ根由梨恵
「こまがね　ゆりえ」

CONTENTS

koukousei WEB
sakka no moteseikatsu

高校生WEB作家のモテ生活

「あんたが神作家なわけないでしょ」と
僕を振った幼馴染が後悔してるけどもう遅い

茨木野

GA文庫

カバー・口絵　本文イラスト
一乃ゆゆ

プロローグ　あんたは神作家なのよぉおお！

koukousei WEB sakka no moteseikatsu

スマホのアラームが午前六時を知らせる。
何の変哲《へんてつ》もない子供部屋の中に、一人の少年がいた。
前髪が少し長く目にかかっている。
小柄な体軀《たいく》。それ以外に何も特徴はない。
彼は朝から、ノートパソコンの前に座っている。
少年はパソコンに文章を打ち込み、物語を作っていた。
「【おれたちは負けない】っと。うん。これでオッケー。アップロードしようっと」
少年はノートパソコンをネットに接続して、投稿サイトを開く。
今や誰《だれ》でもネットに小説を投稿できる時代で、彼もまた小説を投稿している。
「よし。うーん……まあまあ、いい感じにできたかなぁ」
彼は満足げに言う。
だがその出来は、まあまあなんてものではなかった。
ネットの海に、彼の書いた作品が投稿されたその瞬間、世界は静止した。

時間が本当に止まったのではない。

誰もが彼の書いた物語を読んでいるから。

老若男女、国内外問わず、彼の書いた物語はアップロードされた瞬間に読まれる。

誰もが立ち止まり、息をするのも忘れて、物語の世界に没頭する。

数分して、ものすごい量の感想が彼の書いた小説につけられる。

『素晴らしいです！』『最高です！』『さすがです、カミマツ様！』

どれもが彼を賞賛するものだった。

日本語で、外国の言葉で、みなが彼を称《たた》える。

『カミマツさまのおかげで、病気が治りました！』『カミマツ様の小説で、自殺を思いとどまりました！』『カミマツさまのおかげで再就職が決まりましたー！』

……ネット小説界隈《かいわい》には一つの都市伝説がある。

曰《いわ》く、今この時代、この世界には、神に等しい力を持った天才ウェブ作家がいるという。

彼を天才ウェブ作家たらしめる有名なエピソードがひとつある。

昨今世界を騒がしたウイルス感染症があった。

世界の人々は、いつになったらこの病気がなくなるのだろうと、毎日不安で仕方なかった。

そんなある日、一本の小説がウェブに投稿される。

それと同時に世界からそのウイルス感染症が、ぴたりと消えたのだ。彼の書いた小説は、あまりに面白《おもしろ》くて、人を笑わせ、楽しい気分にさせ、免疫力《めんえき》を向上させた結果、ウイルス感染症が消えたのである。人は言う、そんなものは都市伝説だと。だがそんな都市伝説が生まれるほど、彼の物語はすさまじく、面白いのだ。

作家、カミマツ。

一部では彼を、神作家と呼ぶ。そんな彼の正体が……。

「勇太《ゆうた》くん、おっはよー！」

先ほどの少年……勇太が、リビングへ行く。

そこに一七歳くらいの、黒髪の美少女が笑顔で待っていた。

「ちょっ⁉　由梨恵《ゆりえ》⁉　なんで僕の家に⁉」

由梨恵はバスタオル一枚の姿でスマホをいじっていた。

「昨日泊まったじゃない？　忘れちゃったの？　おかしな勇太くん？」

「おかしいのはきみの格好だから！」

「かっこう……？　わ！　わわっ！　しまったぁ！」

顔を赤くしつつも由梨恵が体を抱《だ》いて丸くなる。

「ご、ごめん勇太くん……お見苦しいものをお見せして……」

「え、いやいや！　そんな見苦しくなんてないよ。むしろきれいって言うか……」

そこへ金髪の背の高い美女と、銀髪の小柄な美少女が現れる。

「……何をなさってるのですか？」

『うひゃー！　修羅場《しゅらば》だー！　しゅらばってるよぉ！　ひゃあおらわっくわくするぞ！』

背の高い美女は、眉間《みけん》にしわを寄せて明らかにキレている。

銀髪の美少女は、日本語ではない言葉で興味深そうに言う。

「アリッサちゃん、こうちゃん、おっはよー！」

「……いいからあなたはっ、早く着替えなさい！」

「は、はいぃ……失礼します！」

由梨恵は急いで部屋を出て行く。

勇太はホッ、と安堵《あんど》する一方で、残念な気持ちにもなる。

『かみにーさまもお年頃《としごろ》だなぁ。こうちゃんのこの豊満ボディで、欲情してもよくってよ！』

こうと呼ばれた少女が、しなをつくる。

だが勇太はまるで妹に向けるような目を、こうに向ける。

「……ユータさん、欲求不満でしたら言ってくだされぱいいのに」

アリッサは頬《ほお》を赤く染《そ》めながら、勇太にしなだれかかる。

その豊満なバストを惜しみなく勇太に押し付け、耳元でささやく。

「……なんでしたら、今からでもベッドで。わたしの準備はできてます♡」

「ちょ⁉　あ、アリッサ⁉　それはちょっとぉ……」

とそのときだった。

「何やってんのよあんたらぁ！」

……勇太が振り返ると、そこには、明るい髪の毛をした、ロリ巨乳の少女がいた。

腰に手を当てて、やれやれと首を振る。

「みちる。おはよ」

「おはよう勇太。……朝からえらくモテますねぇ？」

額に血管が浮いてるのを見て勇太が怯《おび》える。

そこへ着替えてきた由梨恵が笑顔で、勇太の体に抱きつく。

「うん！　勇太くんだいすきだよー！」

「……わたしだって、ユータさんのこと愛してます」

『こうちゃんも抱きついたほうがいい感じ？　ヒロインムーヴしないとあかんかんじ？』

由梨恵に負けじと、アリッサとこうも、彼に抱きついた。

ぴきぴきっ、とみちるの額に血管が浮く。

「こ、こ、このぉ！　勇太から離れなさいよ、ばかーーーーーーーーーーーーー！」

大きな声が家中に響き渡る。

「なに⁉　天才ウェブ作家で、作家界の神だから、女たくさん侍《はべ》らせてもいいっての⁉」

「いやいや、何言ってるのさ。別に僕、天才でもなんでもないし、ねえ？」

勇太は本気で自分が天才だと思ってない様子だ。

みちるの言葉も笑って流そうとしている。しかし……。

「勇太くんは神だよ！　いつどんなときだって、読者に夢を与えてくれるもん！」

「……ユータさんは神です。絶望の淵《ふち》にいたとしても、生きる希望を見出させてくれるので」

『かみにーさまの預金残高見たことある？　おら絶対この人のヒモになる！』

「ほらぁああああああああああああああああ！」

「えぇー？　僕、何かやっちゃいました？」

「あんたは神作家なのよぉおお！」

ウェブ作家、カミマツ。

本名、上松《あげまつ》勇太。

都市伝説とされる神作家がただの高校生だなんて、知っているものは一部しかいない。

そして全世界を巻き込んで騒がれていることを、当の本人は知らない。

「はぁあああん。もう……はぁ～……」

「どうしたのみちるん！」『……不景気な顔をユータさんに見せないで』『ポンポン痛いの？』

みちるは勇太を取り巻く少女たちを見て、深く、深くため息をつく。

それぞれ超有名声優、超人気歌手、超人気イラストレーター。

もしもあのときに戻れるのなら、言ってやりたい。

自分のすぐ近くにいる幼馴染《おさななじみ》は、実はとんでもない優良物件だったと。

すべてはあの日の放課後から始まった。

勇太から告られた、あの日から。

「覆水盆に返らずって言うけれど……あのときオッケーしておくべきだったなぁ」

第1章　はぁ？　つきあってください？　ありえないから

「はぁ？　つきあってください？　あり得ないから」

高校二年生の初夏。放課後の教室にて。

僕は幼馴染《おさななじみ》の少女、大桑《おおくわ》みちるを呼び出して、長年胸に秘めていた想《おも》いを告白した。

彼女とは家が近くで、小さな頃からよく遊んでいた。

みちるは容姿端麗でとても優しい。

小さな頃から僕の作るお話を、面白《おもしろ》い面白いと言って褒《ほ》めてくれた。

運動もダメ、スポーツもダメ、ちびで根暗な僕の、たった一つの特技。

僕の作った稚拙《ちせつ》なお話を唯一《ゆいいつ》聞いて、面白いと褒めてくれたのがみちるだった。

そんな彼女が好きで、だからもっと深い仲になりたくって、僕は彼女に想いを告げたのだ。

けれど即座に断られた。まるで相手にされていなかった。

「あの……えっと、その……付き合ってってのは、その、だ、男女の仲的な意味でその……」

みちるが僕に、呆《あき》れたものを見る目を向けてくる。

恋人を見る目でもなければ、異性を見る目でもない。

「悪いけど勇太《ゆうた》とは付き合う気ないから。あんたをそういう目で見れないし」

「あ、え、み、みちる……待って」

「用件はそれだけ？　じゃ、アタシ忙しいから」

みちるはスマホを取り出す。

その瞬間、彼女の目がきらきら輝きだす。まるで恋する乙女のように。

「はぁん♡　今日も更新されてる〜。『デジタルマスターズ』が！」

デジタルマスターズ。略してデジマス。

小説家になろうというウェブ投稿サイトに載っている小説だ。

近未来を舞台としたＳＦファンタジー作品である。

僕にはよくわからないけど、そこそこ人気があるんだって。

書籍にもなってる。

デジマスを読んでくれるのは、うれしいよ。でも、今は僕の話を聞いてほしい。

「あ、あのさみちる……そんなの後で良いじゃん」

「そんなのって何よ！　デジマスの最新話が更新されたのよ！　読むに決まってるでしょ!?」

みちるは僕の話を聞いてはくれない。けど、読んではくれる。

本来ならば喜ぶべきだろうに、なぜだろう、すごく違和感を覚えた。

けど、僕は彼女が読み終わるまで待った。

「わ、すご！　へえ！　うう……死んじゃうなんて……」

みちるの表情が、ころころと変化する。

彼女は今、僕の書いた世界に没頭してくれている。

楽しんでくれている。冥利《みょうり》に尽きるってものだ。だって僕は彼女のために書いてるんだから。

でも……今喜んでくれているみちるを見てると心がざわつく。

結局、違和感の正体に気づけないままでいた。

僕が予約投稿してたお話を、彼女が読み終わる。

「は～……デジマス最新話、ちょー良かった～……」

みちるが胸にスマホを抱《だ》いて天を見上げる。満足げな彼女の表情に思わず笑みがこぼれる。

「へへ……ありがとう」

じろ、と片目だけでみちるが僕をにらんできた。

「はぁ？　なんであんたが喜んでるのよ？」

一転して不機嫌になったみちるの姿に、僕は戸惑う。

「だ、だってデジマス……面白いって」

「そりゃね！　作者のカミマツ様が、すごいんだから！　あんたには関係ないでしょ」

カミマツへの態度と、僕への態度が、明らかに違う。

え、ま、まさか……嘘《うそ》、だよね。

僕は胸に抱いたある疑念を、自分で否定しようとする。

まさかみちる……気づいてないわけ、ないよね？

「はぁー……良いお話だった。帰って余韻《よいん》に浸ろーっと」

まるで感動長編映画を見終わった後のような、うっとりとした表情のみちる。

彼女は通学バッグを背負いなおして、踵を返し、さっさと家に帰ろうとする。

そんな彼女の腕を、僕は慌てて摑んで引き留める。

「あ、え、え、えっと……ま、待ってよ……！」

「なに？　あんたさっきからしつこいわよ」

感動の余韻を邪魔されて、不機嫌そうな顔をするみちる。

別に邪魔する気はない。ただ、それでもこれはハッキリさせておかないといけない。

「変なこと聞くようだけど、その小説……書いてるのが僕だって、知ってるよね？」

僕は昔からずっと、みちるのためにお話を考えてきた。彼女も知っているはずだ。

デジマスが、僕が書いたものだって。

みちるは僕に近づいてくると……。

パンっ！　と僕の頰《ほお》を、みちるがぶつ。

「ふざけんな！」

「……え？」

「デジマスはカミマツ様が丹精込めて書いたものよ！　それを、あんた……自分が書いたですって⁉　作者に失礼だと思わないの⁉」

みちる……まさか、僕がデジマスの作者だって、気づいてないんだ！

「いや、でもおかしいよ。ずっと僕にデジマスが面白いって言ってくれてたじゃないか」

「はぁ？　デジマスは面白いわよって、感想を言ってただけよ。それがなに？」

……とんでもない間違いに気づいていた。

作者である僕に感想を述べて、励ましてくれているんだとばかり思っていた。

でも違ったんだ。単純に好きな作品を語っていただけだったんだ……。

で、でも……そうだ。気づいてないなら、気づいてもらえばいいんだ。

「あ、あのねみちる……ほんとだよ。本当に、僕が、デジマスの作者なんだよ？」

みちるの眉間《みけん》にしわが寄る。

パンっ！　とまた僕の頬に衝撃が走った。

「あんたが、神作家なわけないでしょ⁉」

彼女の瞳《ひとみ》には怒りの炎が浮かんでいた。

僕をはっきりと、敵と認定してるようだった。

「あんたみたいな陰キャで、モテない、冴えない、どうしようもないヤツと、デジマスみたいな神作品を生み出す作者のカミマツ様とじゃ……人間としての価値が違うのよ！」

ともすれば暴言ともとらえられる、彼女の発言。

僕はあまりのショックで何も言い返せないでいる。

「いい？　カミマツ様はきっと、魂を削ってこんな素晴らしい、誰《だれ》もが感動できる作品を作ってくださってるのよ。一方で……あんたなんて家帰ってもスマホいじったり、ネットサーフィンしたりして時間を無駄にしてるだけの、ただの高校生じゃない」

呆然《ぼうぜん》とする僕に彼女が続ける。

「それを自分が神作家ですって？　分をわきまえなさいよね、バーカ！」

みちるにきついことを言われて、僕は悲しい気持ちになった。

でも……仕方ないのかもしれない。

彼女にとってカミマツはアイドルみたいなものなんだ。

大好きなアイドルの正体が、僕みたいな地味で陰キャのチビだなんて言ったから。

侮辱したって思われても仕方ないのかもしれない……。

でも、でも……それでもぉ……。

「ちょ、ちょっと泣くことないじゃない……」

みちるが動揺している。

頬を伝わる涙の感触。

みちるは僕のこと一ミリも好きなんかじゃなかったんだ。

僕に好意があるって、勝手に勘違いして、振られて……バカみたいだ。

「ふ、ふん！　とにかく！　アタシ、あんたがカミマツ様と同一人物なんて信じませんから！」

あとには僕だけが残される。

脳裏《のうり》に、ありし日のみちるの言葉が思い出される。

『ゆうたのおはなし、とってもおもしろい！』

今日まで僕がお話を作り続けてこれたのは、みちるが褒めてくれたから。

あんな拙《つたな》いお話、面白いわけがない。

きっと彼女は僕を励ますために、そんなふうに言ってくれたんだ。

……そう思っていた。けど、違うんだ。

「みちるが見ていたのは、カミマツの作品であって……僕の書いたお話じゃないんだね……」

その場にへたり込み、みっともなく泣いてしまったのだった。

◆

勇太のもとを去った後、大桑みちるは廊下に出ると振り返る。

「……………」

彼は一人教室で涙を流していた。

みちるは幼馴染である彼を泣かしてしまったことに罪悪感を覚える。

少し強く言いすぎてしまっただろうか。

すぐカッとなって、思ったことを素直に言ってしまうくせが自分にはある。

勇太はかなり優しく、みちるのともすれば暴言ととらえてしまう発言も許してくれる。

そのノリで返答してしまった。だが今回は告白というデリケートな問題。

勇太が落ち込んでしまうのは当然だ。冷静になると可哀想《かわいそう》なことをしたと思ってしまう。

教室に戻ろうとして、でも、思い直して首を振る。

「いや、許せないわ。あいつは、カミマツ様をバカにしたんだもの！」

みちるにとって、デジマスは特別な作品であり、その作者を強く尊敬している。

きっとあの素晴らしい作品を生み出すために、血のにじむような努力をしているのだろう。

幼馴染の気を引きたいがためだけに、自分がカミマツであると見えすいた嘘をつく。

作者の苦労を軽んじた勇太のことを、みちるは許せなかった。

……とはいえ、あそこまで強く言う必要はなかったかもしれない。

「……ふんだ。なにが自分が作者、よ。もっとましなウソつきなさいよね、ばか」

好きだと告白されたとき、みちるはとても驚いた。

まさか、あんな引っ込み思案な彼が告白をしてくるだなんて。

しかしそれ以上の感情は湧《わ》いてこなかった。

勇太は単なる幼馴染である、としか思っていなかったからだ。

それに今は、推し作家を追いかけるのに夢中で、勇太のことをそういう対象に見れない。

「…………」

恋愛対象とは見れないが、彼を初めて泣かせてしまった。

そのことが……やけに、胸に引っかかっていたのだった。

◆

帰り道、僕はトボトボと自宅に向かって歩いていた。

夕日が地面に暗い影を落とす。僕の沈んだ心を映し出しているようだ。

「はぁ〜…………………鬱《うつ》だ。死にたい」

みちるはてっきり、僕のことをずっと励ましてくれていると思っていた。

けど違った。

単に作品の、ひいては作者《カミマツ》のファンだっただけだ。

僕とカミマツが同一人物だと思っていなかったんだ……はぁ……。

「なんか、もう嫌になっちゃったな……」
スマホを開いて、ウェブブラウザを立ち上げる。
先ほど投稿サイト・小説家になろうにデジマスの最新話をあげた。
作者ページを開く。画面トップには感想がつきましたの赤字が。
一話更新すると毎回一万近くの感想がつく。
日本語のものや、中には外国の言葉で感想がかかれている。
なろう作家の友達がいないのでよくわからないけど、これが普通なのだろう。
「…………」
いつもはすぐに確認する感想。なんで確認するかって？
……みちるが感想を書いてくれていたからだ。
たくさんの感想の中からみちるの書いたものを探すのが日課になっていた。
けれど、今日は開く気にはなれなかった。もう彼女の感想を見たくない。
あれは僕じゃなく、カミマツに向けて書かれていいんだって知ったから。
「……やめちゃおっかな」
ぽつり、と僕はつぶやく。
そうだよ。もうどうでもいいじゃん。
頑張る理由、もうないし……。

みちるが励ましてくれるから、喜んでくれるから……頑張ってたのに……。

「そうだよ、もういいや。やめよう」

編集さんには申し訳ない。けどアニメ化も映画化もしたし、もう十分だと思ってるよ。

僕は作者ページから、小説の表記を連載中から完結に変える。

いつも読んでくれている人たちに、もう続きが出ないことがわかるよう『これで終わりです。ありがとうございました』と書いた。

次にツイッターのページを開く。

僕はいちおう、カミマツでアカウントを取っている。

フォロワーは六〇〇万人。

あんまりＳＮＳに明るくないから、これがどの程度の数字なのかわからない。

これを始めたのは、みちるがカミマツ様はツイッターやらないのかなって言ってたからだ。

使い方がいまいちわからないけど、宣伝には使ってる。

カミマツが急に連載をやめたら、なかにはびっくりする人もいるかもしれない。

だから作品は残したまま引退ってことを表明しよう。

「引退しますっと。これでいい……これで、おしまいだ」

帰ろう……とぼとぼ歩きだした、そのときだった。

ぴりりっ♪　とスマホに着信があった。

佐久平芽依《さくだいらめい》と画面には表示されている。

作家である僕の担当編集さんだ。

「芽依さん……？　なんだろう」

特に今日は打ち合わせとかの予定がないのに。

いぶかしみながら僕は通話ボタンを押す。

『先生！　今どこ⁉』

僕が挨拶《あいさつ》をする前に、芽依さんの大きな声が受話器越しに聞こえてきた。どこか焦《あせ》っているような感じがする。

「い、家に帰る途中ですけど……」

『わかった！　家に迎えに行くから！　じゃね！』

一方的に電話を切られてしまう。

ええ～……どういうことなんだろう？

「なんで芽依さん、うちに……？　……どうでもいいか」

僕は全部が投げやりになっていた。小説家としてもう引退したんだし……。

てゆーか小説家って、それ一本で食ってる、すごい人たちのことだし。

学生の片手間でやってる僕なんかが、言っちゃだめだよね……。

ああ、だめだ。思考がネガティブになってるよぉ……はぁ。

鬱々した気分をかかえたまま家に帰ってきた。

「……ただいま」

「ゆーちゃん！」

ドアを開けた瞬間、誰かが僕にタックルしてきた。

床にどしんとお尻を打ち付ける。痛た……。

誰だと思って見上げると、きれいな母さんと、かわいい妹がそこにいた。

「た、ただいま……母さん、詩子《うたこ》」

二人が、僕が帰って来るなり抱きついてきたのだ。

「ゆーちゃん引退ってどういうことなんですかっ？」

「なんでやめちゃうのー！　なんでなんでー！　おにーちゃん誰かに虐《いじ》められたの⁉」

母さんは、いつもニコニコ微笑《ほほえ》んでいる。でも今日は必死の形相だ。

詩子はスポーツ少女。いつも明るい彼女が、今日は泣きそうだった。

「いや違うけど……なんだよいきなり……」

「だってだって！　引退するって言うから！」

詩子がスマホを取り出して、僕に突き出してくる。

家族はみんな僕が作家《カミマツ》だということを知っている。ＳＮＳまでフォローしてる。

だから、僕の引退宣言をいち早く知れたのだろう。

「お母さん、学校にちょっと抗議に行ってきます。……よくもうちの息子をいじめたな」

母さんの手にもスマホが握られていた。

尋常じゃない怒りのオーラを発している。握力でスマホの画面にピシッと亀裂が入っていた。

「い、いや別に……虐められてないから、やめてほんと」

「「よかったぁ〜……」」

ホッ、と母さんと詩子が安堵《あんど》の吐息をつく。

僕らはいったんリビングに戻る。

ソファに座ると右隣に詩子が、左隣に母さんが座る。

「なんで引退するなんて言ったの？」

家族を心配させちゃったのは申し訳ない。

けれど、僕のなかには今、小説を続けるモチベーションがない。

「もう……なんか……嫌になって……」

「まあ、すらんぷって言うやつ？」

「スランプというか……もう辞めたい……」

「やだやだ！　デジマスが読めなくなったら、あたし死んじゃうよー！」

じたばた！　と詩子が駄々《だだ》をこねる。

大げさだなぁ……僕ごときの小説なんて、読めなくても、別に死にはしないだろう。

だってネットに投稿されてる莫大《ばくだい》な数の作品のうちの一つなんだよ？　もっと他に面白いお話だってあるだろうに。そりゃ褒めてくれるのはうれしいけどね。

「詩子、落ち着きなさい」

「でもぉ～」

母さんは僕の頭を抱きしめて、よしよしと撫《な》でる。

大きくて柔らかい胸に抱かれていると……気持ちが少しだけ落ち着いた。

「理由……聞かないの？」

「聞きません。言いたくないって、顔してますからね」

温かい言葉と愛撫《あいぶ》に、僕は安堵する。

いつだって家族は優しい。

こんな素人が書いた小説を、面白いって言ってくれる……。

気を使われるのは、申し訳ないけど、今はありがたかった。

「無理して書き続けなくていいんですよ。休みたければ休めばいい」

「でもおかーさんだってデジマス大好きじゃーん！　もう読めなくなってもいいの⁉」

「作品も好きだけど、その何百、何千、何万倍も……ゆーちゃんのことが大好きですから」

「母さん……」

詩子は不満げな表情になるけど……やがてため息をつく。

「そーだね。うん！　おにーちゃんが決めたことなら尊重するよ。泣かないで！」

うう……こうして慰めてくれる……やっぱり家族っていいなぁ～……。

と感じ入っていたそのときだ。

「ゆぅうたぁあああああああ！」

ばーん！　と乱暴に扉が開く。うぉ、なんだなんだ。

くたびれたスーツを着たメガネの男性が入ってきた。なんだ父さんか。

父さんは駆けつけてくると飛びついて、僕を抱きしめる。

「勇太！　どうした⁉　どうして辞めるなんて言うんだ！」

「いやそれは……」

「ダメだぞ！　勇太！　おまえが辞めてしまったらぼく、会社クビになっちゃうぅうう！」

僕の父さんは出版社で働いている。

しかも僕が出している小説の版元だ。

「お願いだ勇太！　引退なんて言わないで！　もっと書いてくれ！」

「いやあの……父さん……」

「金か！　女か⁉　地位か⁉　名誉か⁉　欲しいものはなんだってやるぞ！　だから引退なんて言わないでぇええ！　うぉおお！」

父さんも僕を心配してくれてる。ありがとう……でもちょっと暑苦しい。

エキサイトする父さんの首根っこを、母さんがつまむ。

「あ・な・た」

「な、なんだよぅ……」

母さんが鬼の形相で父さんをにらみつける。

「ゆーちゃんが、嫌がってる……でしょ？」

「あ、はい……しゅみましぇん……」

落ち着いたみたい。でも、会社をクビになるなんて大げさだなぁ。

たかが一作品じゃないか。ライトノベルなんて今やたくさん出てるっていうし。

僕の作品が出なくなったところで、代わりはいくらだってあるよ。

「お前も知ってるだろ？　勇太が引退宣言したの！」

「ええ、知ってますよ。それが？」

大焦りしている父さんをよそに、母さんがさらりと流す。

「一大事だろ！　勇太が辞めたら、管理不行き届きで首になっちゃうよ！」

「なればいいのでは？」

「母さん⁉」

はぁ……と呆れたようにため息をついて、母さんが首を振る。

「あなたが編集者として有能なら、たとえ勇太が引退してもなにも問題ないでしょう？」

「そ、それは〜……そうなんだけどさ〜……」

しょぼん、と父さんがうなだれる。

「そうですよ副編集長！」

ばーん！　とまた扉が開く。今日はなんだか多いなこのパターン。

「あら、芽依さん」

「佐久平くん……」

僕の担当編集、佐久平芽衣さんがやってきた。

パンツスタイルのスーツに、きりりとした目つきが凛々《りり》しい女性の編集さんだ。

「先生！　行くよ！」

くいっ、と芽依さんが親指で背後をさす。戸惑う僕の腕を取って玄関の外へ。

そこにはバイクが一台、停まっていた。

追いかけてきた父さんが困惑顔で問いかける。

「さ、佐久平くん？　どうしたの急に？」

「担当作家を励ましにきました！」

芽衣さんが僕をバイクの後ろに乗せる。

え、なにこれ。どういう展開⁉

「とりあえず焼肉でいいですね！　いってきまーす！」

「「「お気をつけてー」」」

バイクは出発して、僕をいずこかへ連れて行くのだった。

◆

僕と編集の芽依さんがやってきたのは、新宿にある高級焼肉店ＪＯＪＯ苑。

「すぐ予約できたのＪＯＪＯ苑くらいしかなくて、ごめんね先生」

「あ、いや……別に。て、てゆーか人いなくないですか？」

「そりゃいないわ。貸し切りだもの」

芽依さんが受付でサラッとそういう。いや、いやいやいや！

「ＪＯＪＯ苑貸し切りって！　な、なんでまた……」

「だって、落ち着いて話したかったし。なら貸し切りのほうがいいかなって」

「で、でも……お高いんでしょう？」

「ご安心を！　会社が喜んでお金出してくれたから！」

芽依さんと父さんが勤めている出版社は結構大きいらしい。

だから経費で出してくれるのかも知れない。さすが大手。

「普通のひとにそんなことしないよ絶対。カミマツ先生にだけ」

「どうして？」

「そりゃー、天下のデジマスの作者だからよ！」

それ以上言葉はいらないでしょ、とばかりに芽依さんが胸を張って言う。

けど、え、だからなんだろう？

デジマスの作者であることと、僕を特別視してくれることの因果関係がわからない。

単なる陰キャなウェブ高校生作家が書いた、一作品にすぎないのに。

父さんも芽依さんも過剰に持ち上げてくれる。

でも僕はそれがお世辞だってわきまえている。

二人とも優しいから、こんな僕が落ち込まないように優しくしてくれてる。

「さっ、座った座った！」

座敷に通される。

隣にステージがあって、そこではチェロとかピアノとかの、生演奏が披露されていた。

着物を着た女性スタッフが注文を取りに来る。

「じゃんじゃん肉持ってきてください！」

頭を下げてスタッフの人が去って行く。

ほどなくして前菜をはじめとした、料理がドバッと出された。

「ささ、ドンドン食べてね！　遠慮せずに」

芽依さんが次々と肉を焼いて僕の前においてくれる。

自分でやろうとするも、トングを決して貸してくれなかった。

「落ち込んでいるときはとりあえず肉！　ってのがうちの家訓だから！」

じゅうじゅうに焼けたお肉が僕の前に出される。

サシが入っていてめっちゃ美味《おい》しそう。

「さぁさ先生！　たくさん食べて！　ほら！」

あんまり食欲はわかないけど、芽依さんがせっかく焼いてくれたしね。

僕はお肉を一口食べて、嚙《か》む……。じゅわり、と舌の上に、脂が広がる。

う、うまい！　なんて美味《うま》いんだ！

たれもつけてないのに、ほんとに美味しい。

「どう？　少しは元気、出た？」

芽依さんの気づかわし気な顔を見て、僕は遅まきながら励ましてくれてることに気づく。

なんて鈍いんだ僕は。人の心の機微に疎《うと》くて何が作家だ。

彼女は微笑むと、まるで気にするなとばかりに、僕の頭をくしゃりと撫でた。

「よければ話聞くよ？」

「……いいんですか？　仕事の話じゃないのに」

「こーやって先生とおしゃべりするのも、編集の仕事ですっ」

ねっ、と芽依さんが微笑んでくれた。

大人の頼れるお姉さんだ。きっと僕の悩みを誰かに言いふらすこともないだろう。

僕は今日のショッキングな出来事を子細に語った。

芽依さんは口を挟まず、静かに聞いてくれた。

「なるほど……幼馴染に振られちゃって、自暴自棄になって、引退宣言と」

食事を終えて、僕らはコーヒーを飲んでいる。

芽衣さんはしばし沈思黙考して、微笑んだ。

「良かった。先生が、作品を、自分のキャラクターのことを嫌いになったんじゃなくて」

芽依さんは安堵の吐息をつく。

「そりゃ……嫌いなわけないですよ。でも……もう書きたくないんですよ」

「リョウたちの物語は、まだ完結してないよ？　どうするの先生」

「……読者の想像に任せるってことじゃ……ダメ？」

「ダメ」

芽依さんの瞳がまっすぐに僕を見つめてくる。絶対に許さない、固い意志が見て取れた。

「それは……編集としての立場があるから、続き書けってこと？」

はぁ、と芽衣さんはため息をつく。

「違うわ。作者《あなた》には責任があるの」

「責任？」

「そう。生み出した以上、キャラクターの物語の結末を描くっていう責任がね」

芽衣さんはスマホを取り出す。

カバーにはデジマスのステッカー、そしてストラップには主人公のリョウの人形がついてた。

「ねえ先生？　なろうの感想欄見てごらん？」

突然のことに僕は戸惑いつつも、彼女からスマホを受け取る。

……そこには、ものすごい数の感想が書かれていた。

「引退宣言からまだ時間が全然経《た》ってないのに、感想一〇〇〇万件とか、規格外すぎるわ」

僕は呆然と、感想欄に目を通す。

『先生辞めないで！』『引退なんていやだ！』『もっとリョウの物語を読みたいです！』

そこには、作者《ぼく》に、そして作品に対する強い思いが込められていた。

みんな共通しているのは、やめないで、という言葉。

「……なんで、みんな。やめないでって、言うの」

「みんなあなたの生み出した子供のことが、大好きだからよ」

「僕の……子供？」

ハッ……！　そうか……そうだよ……。

デジマスは、リョウは……僕の生み出した作品。子供のようなモノじゃないか。

みちるに振られて、自暴自棄になって、大切なモノを二つも忘れていた。

僕が生み出した、子供《キャラクター》たち。

そして僕を支えてくれる……家族や編集者、それに、読んでくれる、優しい読者たち。

「幼馴染に振られたショックで、やめたくなる気持ちはよくわかるわ。けど可哀想じゃない。あなたの子供を好きになってくれた読者。それになにより、キャラクターたちが」

そうだ、みちるだけが世界のすべてじゃないんだ。

小説を書き始めていたとき、僕にとっては、読んでくれる彼女が世界のすべてだった。

でもネットに小説をアップして、本になって、今日にいたるまでに。

たくさんの人たちが、愛してくれていたんだ。

なんて馬鹿《ばか》なんだ……みちるに振られたショックで、大切なモノを見失うとこだった。

「僕が……間違ってました。愛する我が子を、簡単に手放そうとするなんて……軽率でした」

「引退するしないは、先生の自由よ。けど……裏切らないであげて。読者とキャラクターを」

芽依さんの言葉がすっと胸に入ってきた。

折れかけた気持ちが少し上向きになる。

「……わかり、ました。僕……続けます！」

「うん、頑張れ、カミマツ先生♡」

◆

佐久平芽依は、勇太を説得できたことに、内心で深く安堵の吐息をつく。

ここで超大人気作家、カミマツを失うことはすなわち、世界の損失だ。

ミッション失敗を知ったらおそらく、自分は社長から殺されただろう。

（まあ大人の汚い事情なんてどうでもいいけど、彼が立ち直ってくれてよかったわ）

目の前で勇太がデザートのプリンを食べながら、ふとこんなことを言う。

「でも驚きました。デジマスって思ったよりも有名なんですね」

……はじめ、勇太が何か冗談を言ってるのかと思った。

だがあまりにまじめな顔で言うものだから、不思議に思って芽依は尋ねる。

「せ、先生……前から思ってたんだけど、自分が世間でなんて呼ばれてるか知ってる？」

「？　いいえ？　カミマツですか？」

「……神作家、よ」

神作家カミマツ。

出版業界にとどまらず、全世界の人から認知されてるもう一つの名前。

勇太の生み出したデジマスは超ビッグタイトルだ。

一巻発売時に即時緊急重版。全国の書店からわずか数分で初版が消えたのは記憶に新しい。

重版しても全く供給が追い付かず、オイルショックならずデジマスショックが起きたことも。

その後も神作家は偉業を成し遂げ続けた。

一巻でアニメ化決定。アニメ映画は興行収入五〇〇億円の超大ヒット。

デジマスグッズは飛ぶように売れ、どこへ行ってもデジマスとコラボした商品が並ぶ。

「押しも押されもせぬ神作家さまじゃないの、あなた」

芽依はいかにデジマスが売れていて、それを生み出した勇太がすごいことを熱弁。

だがそれに対して勇太は、おかしそうに笑う。

「やだなぁそんなフィクションみたいなこと、現実であるわけないじゃないですかぁ」

なんと勇太は、自分のなした偉業を、全部信じてないのだ。

「いや、ほんとなんだって！」

「そんな子供の妄想みたいなことが現実に起きるわけないですよ〜」

「いや、ほんとそうなんだけどさ！　信じてよ！　本当なんだって！」

「芽依さんは優しいなぁ。僕のモチベが落ちないように、いつも励ましてくれるんだもん！」

……だめだこりゃ、と芽依は内心で吐息をつく。

そうである。自分が彼を担当してから今日まで、いくら言っても、勇太は自分の凄《すご》さを自覚してくれない。ものすごく面白い！　と褒めても、それは芽依が優しいからだとのたまう。

アニメ化が決まったときも、全然信じてくれなかった。それどころか、勇太は業界にあまり明るくないせいか、それってすごいことなんですかと素で聞いてくる。

「……前々から気になってたんだけど、先生って自分の評価、低すぎない？」

「うーんそうでしょうか？　だって所詮《しょせん》、小さい頃からやってることの、延長ですし」

以前芽依は聞いたことがある。

自分は幼い頃からずっと、幼馴染にお話を作っては聞かせていたと。

子供の作った空想話、その延長に今の小説がある。だから大したことないと思ってるらしい。

リアルで褒めてくれたのが幼馴染一人だけだったことも、彼が自分を過小評価している原因なのだろう。

(その幼馴染がいなかったらデジマスが生まれなかったけど、ちょっとまずいわね)

彼にはもっと広い世界を知ってほしい。

幼馴染だけしかいない世界に閉じこもったら、何かの拍子にまた辞めると言いかねない。

何か彼に他によりどころを作ってあげたい。何かないか……そうだ！

「ねえ、先生。今度のお休み、暇？」

「え、あ、はい。暇ですけど」

「じゃあ今度ね、パーティあるの。行かない？」

「パーティ……かぁ」

「気分転換になると思うの。どうかな？」

勇太はしばし考えた後、こくりとうなずいた。

「今までは、みちるに悪いからって避けてきましたけど、気持ちの切り替えになるなら」

なるほど、と芽依は得心する。勇太は今まで行事ごとを極力避けていた。

人前に出るのが嫌なのだと思っていたが、幼馴染を気にしての行動だったのだ。

こんなに大事にされてるのに、彼を振るなんて何を考えているのだろう。

芽依は会ったことのないその幼馴染に不快感を覚えた。

反面、勇太にもっと優しくしようと思った。

「よかった。じゃあ詳細は後で送るね」

「何のパーティです?」

「映画興行収入五〇〇億円を祝して、関係者だけを集めての祝賀会よ」

きょとん、と勇太は目を丸くする。

「あっはっは、五〇〇億って。芽依さんその数字、小学生の妄想みたいで面白いですねぇ」

化け物じみた偉業を成し遂げても、その結果が異次元すぎて、現実が付いていけてない。

だがそれを現実のモノにできるからこそ、彼は、神と呼ばれているのだ。

(ま、あたしが彼を神って呼ぶのは、それだけが理由じゃないんだけどね)

自分がまだ新人だった頃。

大手出版社に就職し最初は喜んだけれど、すぐに辛い気持ちになった。

出版界の悪《あ》しき因習、同期との醜《みにく》い競争、そのほか諸々……。

いろんなマイナスの面が見えてきて、芽依は編集を続けるのが嫌になった。

なんのために、編集を続けているのか、さっぱりわからなくなった。

芽依はある日の夜、ストレスに耐えられなくなり、実家へ向かう新幹線に乗った。

このまま、田舎《いなか》で結婚でもしよう……そう思った、そのとき。

『でじたる、ますたーず？』

日課となっている、なろうのランキングをチェックしていると、一位に聞いたことない作品がアップされていた。その小説を読んだ芽依は……。

『行かなきゃ！』

新幹線を次の駅で降りた。

終電をすぎていたので、帰りの電車はない。

芽依は走って出版社へと戻る。道中の記憶がない。タクシーを使ったかどうかさえも。

持っていた荷物もどこかへ消え、気づけば出版社に戻っていた。

『副編集長！　あたし、この作品を本にしたいです！』

上松《あげまつ》は部下からの報告を聞いて、すぐに出版打診のＯＫを出した。

のちに自分の息子が書いた物語と知って仰天したらしい
とにもかくにも、こうして『デジタルマスターズ』は日の目を見ることになった。

『ごめん、芽依くん。なんかぼくの手柄みたいになってしまって。見つけたのは君なのに』

編集部内では、上松がなぜか評価されていた。

実際に見出したのは芽依であるが、神作家の父ということで貢献度は上になるらしい。

『いいんです、副編集長。あたしは手柄なんてどうでもいいんです』

芽依は自分が評価されることより、大事なものを手に入れたから。

勇太の作品を読んだ芽依は、かつての情熱を思い出した。

編集として仕事することが、もう嫌になったはずだったのに、彼女は燃えていた。

読んだ人を熱くさせる。人の心をここまで変えてしまえる。

この作者は、カミマツ先生は、すごい。

だから芽依は勇太の編集担当になった。

芽依は思う。彼こそ出版不況と言われて久しいこの世界に、舞い降りた神なのだと。

たくさんの人を幸せにできる、この神作家を、自分が一生かけて守るのだと。

芽依はこれまでもそう思っていたし、これからも、彼の支えでありたいとそう思うのだった。

◆

翌朝。勇太の妹・詩子が、兄を起こしに来ていた。

「おにーぢゃーん……おばよー……」

　学生服に着替えてるところに、大泣きの妹が入ってきてギョッとする。

「どうしたの……？　朝っぱらからそんなに泣いて」

「深夜に更新したデジマスの最新話読んで……朝から感動しちゃって……ぐしゅん……」

　昨晩、勇太は編集者の芽依と別れた後、家に帰ってから寝るまでの間に、デジマスの最新話を書いて、明け方にアップロードした。最新話を読んで、妹は夜のうちに読んだのだろう。

　詩子は兄の体に抱きついてくる。

　妹は小柄だけど、結構胸があった。ぐにゅりと制服の下で胸が変形する。

「辞めないでくれてありがとう！　デジマスの続きが読めるの……ほんとに幸せ！」

　詩子はバスケの強豪校に通っている。毎日へとへとになるまで練習してから帰ってくる。

　練習がきつい日も、先輩や先生から厳しい言葉を投げかけられ、悲しくなっても。

　デジマスを読めば、気持ちがリセットできる。そんなすごい小説を、これからも読める。

　詩子は心からの笑顔、そしてそれを作ってくれる兄に、深い感謝をささげながら言う。

「こんなにも感動的な作品……他にないよ。もう朝からワンワン泣いちゃった……！　素晴らしい作品を作れるおにーちゃんはやっぱり天才だよ！」

「あはは、そんな大げさな」

　勇太からすれば、夜中に衝動的に書きたくなった内容を、パパッと書いただけ。

妹は兄のために気を使ってくれてるんだろうな、と勘違いしていた。

実際には詩子と同じように、全世界のデジマスファンが朝から大号泣していたのだが。

「片手間で書いたものでたくさんの人を泣かせるなんて、さすが！　あたし、おにーちゃんの妹であることすっごい誇らしいもん！」

「あはは……ありがと」

勇太は着替えて、リビングへと行く。

またしても、泣きながら彼に抱きついてくる人物がいた。父、庄司《しょうじ》である。

「勇太！　ありがとう！　引退撤回してくれて、本当にありがとぉおおおお！」

庄司が泣いて喜んでいるのは純粋にデジマスの大ファンだからだ。

編集者としても、一読者としても。

未完のまま終わってしまう作品のなんと多いことか。

オタク編集者である庄司は痛いほど知ってる。

だから、デジマスの続きが出ると知って泣いてる。

しかし普段の言動が災いして、クビならずにすんで喜んでいるように、周りからは見えていた。

「あなた。それくらいになさい」

台所から顔を出してきたのは、勇太の母・雪《せつ》だ。

「良かったわねあなた、ゆーちゃんがデジマス続けて」

「ああ！」

「これで仕事やめなくってよかったわね。ゆーちゃんに土下座なさい」

「母さん⁉　ちがうよぉお！　ぼくは単純に作品にファンでぇ！」

「ぼんくら夫に代わって、芽依さんにもお礼を言っておかないと」

「ひどいよぉおおおおおおおおお！」

夫の弁明をサラリと流し、勇太の母・雪は、息子に微笑みかける。

「ゆーちゃん、おはようございます」

「うん、おはよ母さん」

雪が静かに勇太を正面からハグしてくれる。

大きな胸で包み込んで、息子をよしよしと撫でる。

「元気になったみたいでよかった。でも、辞めたくなったらいつでも辞めてよいんですよ」

「ほんとに……？」

「ええ、あなたが辛い思いをするほうが、よっぽど母さん辛いわ」

「あたしもだよ！　おにーちゃんが泣いてたらあたしも悲しい！」

詩子もやってきて兄をハグしてくれる。

勇太は、ああ優しいなぁふたりとも……家族ってあったかいなぁ、と思った。

「ありがとう、僕大丈夫。まだ作家続けるよ」

「勇太ぁあああああ！　さんきゅぅうううううううう！」

「うるさいお父さん」

あはは、と上松家に笑いがあふれる……その一方。

勇太の家からほど近いところに、大桑みちるの生家があった。

「………」

みちるは朝シャンを終えてバスルームから出てくる。

鏡に映るのは低い身長の割に豊満なボディ、そしてその美しい顔つき。

父が以前、母に似ていると評したことがある。

だがその美貌《びぼう》はみちるにとっては呪いに等しい。

「……ひどい隈《くま》」

鏡に映るみちるの目の下には、濃い隈ができていた。

理由は単純明快、あこがれのカミマツ様が引退宣言をしたからだ。

みちるは心に大ダメージを負った。心の支えの神作家がいなくなろうとしていた。

彼女はショックで、不安で一睡もできなかった。

みちるは祈っていた。カミマツ様の気が変わってくれることを。

そして今朝《けさ》デジマスが更新された。それと同時に、引退を撤回する旨が宣言された。

「よかった……ほんとうに、よかった……」

ちなみに明け方にデジマスがアップロードされるや否《いな》や、SNSではその話題でもちきりに。

全世界のニュースで、カミマツ引退撤回のニュースがバンバンと流れている。

だが当の作者本人はそんなことに気づいていない。

「…………」

みちるは体を拭《ふ》いて、裸のままリビングへ行く。家族が見たら驚き、怒られるだろう。

だが彼女の家に限っては、そんなことは起こりえない。

整頓《せいとん》された室内には人の気配が一切《いっさい》しない。母も、父も、この家にはいないのだから。

「窓ガラス割れてる……なんで？　まさか、泥棒⁉」

みちるはリビングの窓が壊されてるのに驚く。

だが少し後に、カミマツ様の引退を知って自棄《やけ》になった自分が割ったことを思い出した。

「勇太ぁ。どうしよう、ガラス割っちゃって……あ」

思わず幼馴染に助けを求めてしまい、はたと冷静になる。

……そうだ。自分はもう、勇太を振ってしまったのだ。

自分のそばに彼がいるのが当たり前だったから、つい頼ってしまった。

「……ふんだ。あんなやつ！」

勇太は大好きなカミマツ様をバカにした。それは許せないことだった。

みちるにとってカミマツ様と彼の生み出した小説は、生きる理由。

そんな生きがいを作ってくださる神を、勇太は貶《おとし》めたのだ。許すわけにはいかない。

ほどなくして冷静になったみちるは、自分で割ってしまった窓ガラスを補強する。

制服に着替え、作業してる彼女が、ふと疑問を口にする。

「……そういえば、勇太を振ったその日に……カミマツ様が引退宣言したわね」

引退を悲しんでばかりで、カミマツ様が引退宣言した理由に思いをはせていなかった。

なぜ辞めるなんていいだしたのだろう。理由がわからない。

いや、嘘だ。思い当たる原因はひとつだけあった。

もしも……もしも勇太の言葉が正しかったら。勇太こそがカミマツ様本人だったら……辻褄《つじつま》があう。その場合私は、世界の至宝であるカミマツ様に酷《ひど》い言葉を投げかけ、挙げ句執筆の意欲を折ってしまった最低最悪な女だが。

「ばかばかしい！」

勇太がカミマツ様なわけがないと強く否定する。

だがいくら否定しても自分が抱《いだ》いてしまった疑念が頭から離れなくなる。

ややあって、みちるはローファーを玄関ではく。

「……いってきます」

誰からの返事もない玄関を抜けて外に出る。

初夏の日差《ひざ》しが彼女に降《ふ》り注《そそ》ぐ。徹夜明けにこれは厳しい。

「あ……」

ちょうど勇太とばったり出会ってしまった。

彼と同じ高校に通っており、家が近所なのだから当然である。

「…………」

みちるは、勇太にどうリアクションを取ればいいのか、一瞬迷う。

だがその間に、勇太は微笑んで言う。

「おはよ、みちる」

どこかスッキリしたような表情を、勇太がしていた。

……なによ、と黒い思いが胸に広がる。

好きな女に振られたくせに、なんでそんな晴れやかな表情してるのか。

そう思うと、なぜだかむかむかした。

無論勇太は大いに落ち込んで、引退まで決意していた。

それほどまでにショックを受けていた。

だがカミマツ＝勇太と知らないみちるは、勇太があっさり元気になったと勘違いしたのだ。

「ふん！」

勇太を無視して、みちるは速足で歩きだす。

カミマツ様をバカにしたことを、謝れば許してあげようと思った。

だがケロッとしてる勇太を見て、みちるは意固地になってしまった。

「あんたなんか絶対許してやんないんだからね！　ばーかばーか！　勇太のばーか！」

みちるから暴言を吐かれても、勇太は嫌な気分にはならない。

勇太はもうショックから立ち直っている。

それにこの子が本当は悪い子じゃないのは先刻承知だからだ。

「あ、そうだ。みちる、宿題やった？　今日提出日だけど」

「んがっ！　や、やば……って！　ついてくんなし！」

「いや方向一緒なんだけど」

「じゃあ一〇〇歩くらい後ろ歩いてきなさいよね！　ふんだ！」

勇太は普通にみちると会話できていた。

振られたのは正直辛かった。でもみちるに対して恨みを抱くようなことはしない。

たとえ恋仲になれなかったとしても、大事な幼馴染なことに変わりはないのだから。

koukousei WEB sakka no moteseikatsu | CAPTER 02

第2章 勇太がカミマツ様なわけがない！

夜、僕はスーツに着替えて、新宿某所のホテルの中にいた。

映画スタッフさんたちとの祝賀会に参加するためにやってきたのだ。

けど数分後。

「迷子になってるじゃん……」

僕はホテルの廊下で呆然《ぼうぜん》とつぶやく。

明らかにパーティ会場じゃない。人も居ないし。

今日は付き添いの父さんと一緒にここへ来た。芽依《めい》さんとは会場で落ち合う予定だった。

父さんが『会場まで案内する！』と張り切っていたのにこのざま。

『人に道聞いてくる！』といって放置されて今に至る。

「はぁ……困った……どうしよう」

そのとき近くから女の子の声がした。

そこにいたのは、びっくりするくらいの美少女だ。

長く艶《つや》やかな髪の毛。すらりと長い手足に大きな胸。

顔はお人形さんみたいに小さくて、眼がぱっちりとしている。

「こんにちは！」

「…………」

「どうしたの？」

「あ、あ、いや……その……ぼ、僕にはにゃ、話しかけてりゅ、の……？」

やばい噛《か》み噛みだ……！

ああ、これ笑われるパターンだ……馬鹿《ばか》にされる……！

「うん。私はあなたに話しかけてます」

あ、あれ？

この子、僕の陰キャムーブを見ても笑わないし、馬鹿にしてこないぞ？

「もしかして、デジマスのパーティに参加する人？」

「う、うん……あなたも、ですか？」

「そうなの。あ、敬語いいよ。たぶん同い年くらい……だよね？　高校生？」

「あ、はい……じゃなくって、うん。高二」

彼女はパァッと表情を明るくする。

すぐに手を摑んで、にっこりと笑ってきた！

わ、わわ、お、女の子と手をつないじゃってる……てゆーか、距離、近いな……。

「へぇ……！　奇遇ね、私も高二！　同い年だ！」

ぼ、僕みたいなちびの陰キャと手をつないで、笑顔まで振りまいてくれる。

や、優しい……なんて優しいんだ。

「君も迷子？」

「う、うん。父さんが迎えに来るはずなんだけど」

「じゃあここで一緒に待たせてもらってもいい？　私も迷っちゃって」

「う、うん……どうぞ」

僕らは並んで壁際に背中を向けて立つ。

……近くで見ると、本当に美人だなぁこの人。

「君、名前は？」

「ぼ、僕は上松勇太《あげまつゆうた》」

「じゃあ勇太くんだ。私は由梨恵《ゆりえ》。由梨恵って呼んで♡」

「そ、そんな！　いきなり下の名前なんて言えないよ！　恐れ多い！」

「あはは！　恐れ多いってなに～……も～……君おもしろいねー」

お世辞じゃなくて彼女は普通に笑っていた。

ああ笑うとなんて可愛《かわい》いんだ……って、ん？

「由梨恵……？」

その名前、どこかで聞いたことがあるような……。父さんがよくなんか言ってたような……。

そういえばよく聞けば、この子の声も、どっかで聞いたことある気が……。

「そうそう、そうやって下の名前で呼んでよ」

「あ！　いや今のはちがくって……」

「遠慮しない！　がんがんいっとこう！」

お、推しが強い……相変わらず距離も近いし。

僕なんかと普通に話してくれるのって、家族以外じゃ芽依さんとみちるしかいなかったのに。

「デジマスのパーティに参加しに来たんだよね。何の関係者？」

「なんのって……」

原作者ですけど、って答えて、信じてもらえるかな？

いや、無理だ。忘れたのか。みちるにそう言っても信じてもらえなかったじゃないか。

「あ、ごめん！　ふみこみすぎちゃったかな？　無理に言わなくていいから」

「あ、うん……由梨恵も……デジマス、知ってるの？」

「もっちろん！　私、デジマスの大大大大、大ファンなんだー！」

由梨恵が満天の星のように、目を輝かせる。

その大きな瞳《ひとみ》に吸い込まれそうになる。

「デジマスはね、私、ウェブ第一話が投稿されたときからのファンなの！」

「へ、へぇ～……そ、そうなんだ。ちなみにどんなところが好きなの？」

きらん、と由梨恵の目が怪しく光る。

「それ……私に聞いちゃう？　長いよ」

「う、うん。是非」

「デジマスの良いところはなんと言っても主人公リョウをはじめとした魅力的なキャラクターよね。リョウ、ちょび、シロちゃん……もうみんなキャラが生き生きしてて困るの！」

そこから一人一人について、うれしそうに顔を上気させて語り続ける由梨恵。

しばらく聞いていて僕は一つの結論にたどり着く。

彼女は、ガチの、ファンだ。

由梨恵の話す内容は、ウェブ版一話から最新話までの話を全部知ってなきゃできない。

僕はうれしかった。編集者の芽依さんや、父さんたち家族……そしてみちる以外で。

ここまで熱心なファンに会えたのは……はじめてだったし、うれしかった。

「でね……あ、ごめんね！　しゃべりすぎちゃって！　キモいよね……」

「そ、そんなことないよ！　そこまで愛してくれてて、すっごいうれしかったよ！」

「うれしい？」

「君みたいな熱心なファンに会えたら、きっと原作者も、喜んでるだろうなって」

現に僕の心は温かくなっていた。僕の小説、面白《おもしろ》いって言ってくれるんだ。

芽依さんも、家族のみんなも、僕に気を使って、面白いって言ってくれるって思ってた。でもこの子は僕が作者だって知らない。純粋な言葉で褒めてくれている。ああ、うれしい。

「そうだったら……うれしいな♡　勇太くんもデジマス好き？」

「そりゃ、もちろん」

「どの辺が？」

僕らはデジマスの話で盛り上がった。

夢中になって、あのキャラがよかった、あそこの展開がよかったと話し合う。

「すごいね勇太くん！　私も古参を気取ってたけど君はそれ以上のデジマスのファンだ！」

「あ、あはは……ありがとう」

そりゃ原作者ですからね。

由梨恵は目を閉じて、ほっ、と安堵《あんど》の吐息をつく。

さっきまでの元気百倍な笑顔じゃなくて、しみじみと、感じ入るような笑顔だ。

「よかった。君みたいな人に喜んでもらえるよう頑張って声当てしたんだもの」

「もしかして……声優さん？」

「正解！　まぁ、新人なんだけどね～」

「すごいじゃん！　ちなみにどのキャラの声当ててるの？」

「ん？　リョウだよ」

へぇー……リョウかー……。

って、あれ？

「リョウって……主人公の？」

「そう！　カミマツ様の作り出した最高のキャラクターに声を当てるのが夢だったの！」

「さ、様って……」

「いけない？　だってあんな神作品を作るひとだよ？　様つけないと恐れ多いよ！」

正直、様なんてつけられていいほど、僕はえらい人じゃない。

だから当惑してしまう。

「ところで勇太くん。もしよければ、連絡先交換しない？」

「ふぁっ……⁉　ど、どうして？」

僕が原作者だから……？　あ、違うか。

向こうと違って、由梨恵は僕＝原作者カミマツって知らないんだっけ。

「だって勇太くんと、もっとデジマスのことでおしゃべりしたいし。だめ？」

……今まで同世代の女の子とほとんど話してこなかった。

話しかけ方がわからなかったし、みちるがいればいいかなって。

でも由梨恵は優しいし、話しやすいし、何より作品を愛してくれてる。

「う、うん！　是非！」

僕らはお互いのラインのＩＤを登録する。

と、そのときだった。

「あ！　いたいた！　おーい勇太ぁ！」

父さんがスタッフを連れて、僕らの元へとやってくる。

「遅いよ、何してたの」

「ごめんってば。さ、行こうか勇太。原作者が遅れたら大変だ………」

父さんと、そして由梨恵がお互いに固まる。

「ゆ、勇太くん今……お父さん、原作者って……え？」

由梨恵が目を丸くして、呆然としている。

「う、うわぁああ！　ゆ、ゆりたんだ！　本物のゆりたんだぁああああああああ！」

父さんは子供のように大はしゃぎしている。

そういえば声優オタクだった。

「知ってる人？」

「勇太なにをいってるの！　彼女は駒ヶ根《こまがね》由梨恵！　数年前に突如として声優業界に現れた大スター！　超人気女子高生声優として、今最も人気のある子じゃあないかぁあああ！」

と、父さんがエキサイトしてる……。

僕はあんまり声優に詳しくないので、いまいち凄《すご》さがわからなかった。

「は、初めまして！　原作者カミマツの父、上松庄司《しょうじ》でっす！　息子の作品がお世話になってます－！　できればサインを……！」

「ちょ、ちょっとごめんなさい……あの、一つ、いいかな？」

由梨恵が目を大きく剝きながら僕に尋ねてくる。

「勇太くんって……もしかして、原作者の……カミマツ……様？」

「あ、うん。カミマツです」

由梨恵は口を大きく開き、わなわなと震わせ……そして……。

「ひゃぁあああああああああああああああああああああ♡」

顔を真っ赤《まか》にした由梨恵がそう叫ぶ。

「どど、どうしようどうしよう！　私、なんて失礼なことを！　ごめんなさい！」

何度も由梨恵が頭を下げる。

「失礼なことなんてしてないよ」

「でも……ごめんなさい」

しゅん、と肩をすぼめる由梨恵。僕を原作者として見てるんだろう。

それはちょっと嫌だった。

「いいって、謝らないで。てゆーか、敬語も辞めてほしいな。さっきみたいに接してよ」

「……いいの？」

「もちろん。てゆーか、名前で呼んでって言ったの君だよね？」

ぽかんと口を開いていた由梨恵だったが、ふにゃりと微笑《ほほえ》んだ。

「そう、だったね……うん！　ごめん、勇太くん！」

「いえいえ」

僕らは微笑みあう。すると父さんが衝撃を受けたような表情になる。

「なにその仲いい感じ！　勇太ぁ！　おまえゆりたんとどういう関係なんだぁ⁉」

「友達だよ」

「はい、仲のいい友達やらせてもらってます！」

ぎりぎり、と父さんが歯噛みする。

「くやちぃいいいいいいいいい！　ゆりたんぼくとも是非お友達に！」

んー、と由梨恵が頬《ほお》に指をあて、ニコッと笑う。

「大きなお友達との交際は、事務所からストップかかってるの！　ごめんね♡」

ちろ、と舌を出して由梨恵がウインクする。

「ふぉおおおおお！　ゆりたんまじ天使ぃぃいいいいいいいいい！」

この対応でいいんだ……なんかアイドルみたいな対応だな。父さんいいのか？

でもいいみたい、すごいご満悦な表情してるし。

由梨恵はこっそりと近づいて、僕に耳打ちをする。

「……勇太くんは特別だよ♡　これからも仲良くしてね」

耳に吐息がかかってくすぐったくって、思わず顔を放す。

由梨恵は無邪気に笑みを浮かべている。これが、アイドル声優かぁ。

◆

僕はアニメ映画デジマスの祝賀会に参加している。

高級ホテルにある大広間、式典会場にて。

ステージの端っこで待機させられていた。

『それでは、『劇場版デジタルマスターズ　天空無限闘技場編』祝賀パーティを開催いたします』

パーティの開会式がおこなわれている。

僕はオープニングで、サプライズゲストとして紹介されるらしい。

「うう……緊張するなぁ～……」

ちら、と僕はステージの袖《そで》から、会場を見渡す。

今日は映画のキャスト陣が主に来ているらしい。

協賛会社の人は参加してない……らしいけど。

「こ、こんなにたくさんの人が、関《かか》わってたんだ、この映画……」

ステージの前に集まる、きらびやかな声優陣、スタッフたちを見ていると……。

やっぱり緊張するなぁ……。

『これより、監督の御嶽山誠《みたけやままこと》さん、挨拶《あいさつ》をお願いします』

司会者に呼ばれて、ステージの向こう袖から、大柄な女性が現れる。

『よう。監督の御嶽山だ。おんたけさんじゃねーぞ。わかってんなぁ？』

監督さん……女性だったんだ。

てっきり男とばかり思ってた。しゃべり方も男っぽいし。

『長い挨拶は性に合わねーから手短に。最高の原作と、最高のスタッフに恵まれて、この映画は大成功した。皆で掴んだ勝利だ。今日は祝勝だ！　じゃんじゃん飲もう！　かんぱーい！』

御嶽山監督の音頭で、スタッフたちが手に持っていたグラスを掲げる。

……最高の原作、かぁ。

へへっ、えへへっ、うれしいなぁ。

『今日はてめーらに豪華なサプライズゲストを用意してる！　みんな……誰《だれ》だと思う？』

わわっ、僕のことかな？

いよいよ出番か……よ、よし。がんばるぞと。

『んじゃ早速来てもらおうかな。おーい、アリッサ』

僕の出番……あれ？
どうやら、違うみたいだ……？
ステージの照明が落とされる。中央に一人の美女が、立っていた。
「……きれいだ」
それはとても背の高い女性だった。すらりと長い手足と、豊満なバスト。
きらびやかな金髪と、真っ白な肌。
芸能人と言っても遜色ないレベル。
「誰だろう……？」
アリッサさんはステージ中央で、静かに歌い出す。
……一発で彼女が誰かわかった。
デジマスの曲を歌ってくれている人だ。
映画のエンディング曲『心の焔群《ほむら》』。
アニメ一期のオープニング曲『華炎《かえん》』とはまた違ったテイスト。
激しい一期オープニングとは違って、落ち着いた曲調。
けれど静かに燃え上がる炎のような激しさが含まれている。
「……すごい」
アリッサさんの生歌だ。臨場感が違う。

本当に、彼女が炎の中に立ってるような錯覚を覚えた。

彼女が歌い終わって、頭を下げる。

会場に居る人たちが拍手喝采《かっさい》する。

僕も知らず拍手していた。

『ありがとよぉ、アリッサ。いやぁ良い曲だよなぁ』

『……ありがとうございます、ただこの曲はわたしだけの力でできたものではありません』

アリッサさんが静かに首を振る。

目を閉じて、誰かを思うような感じでつぶやいていた。

『そうだな。『華炎』、『心の焔群』も、どっちも素晴らしい曲だけど、やはり素晴らしい原作があってこその曲だからな……ってことで』

御嶽山監督は一息つく。

『ここで本当のサプライズゲストを呼びたいと思うぜ！　なぁ、先生！　出てきてくれ！』

わわっ、僕の番か。

急いで僕はステージ袖から出てくる。

ステージ前の人たちが、ざわついている。

わ、わわ……皆の視線が僕に集まる。てか、照明！　まぶしい！　暑い！

『えー、みんな初めて見るよな。アタシも会うのは初めてだ。つーことで、紹介しよう』

監督が僕の背中をバシッ、と叩《たた》く。

『この最高の作品……デジマスの産みの親、カミマツ先生だ』

一瞬の静寂があった。

みんなぽかん……と目を丸くし、口を開いている。

「「うぉおおおおおおおおおお！」」

会場を揺らすほどの大音量で、歓声が上がる。

「す、すごい！　カミマツ先生だ！」「生カミマツ様だ！」「きゃぁー！　カミマツ様ぁああ！」

スタッフ陣が驚愕《きょうがく》の表情で僕を見ている。

『驚くのも無理はない。本来サプライズゲストはアリッサだけだったからよ。カミマツ先生が参加するってことで、急遽《きゅうきょ》プログラムにねじ込んだわけだ』

ふと、客席の中に、ドレスアップした芽依さんを見つけた。ぐっ、と彼女が親指を立てる。

多分芽依さんが手配してくれたんだろう、このシチュエーションを。

監督が僕の前までやってきて、頭を深々と下げる。

『改めて、初めまして。監督の御嶽山です。最高の原作を、ありがとうございました』

先ほどまでの男口調から一転して、監督が丁寧にお辞儀してくる。

「僕のほうこそ、その……ありがとうございました。えと……すごくよかったです」

デジマスの映画を見せてもらったとき、素直に感動した。

自分の頭の中だけだった物語を、あんなにきれいに作ってくれたことに。

芽依さんを通して、お礼を言ったけど、ちゃんと言えてよかった。

次にアリッサさんがその隣にやってきて、また頭を下げる。

『……初めまして先生。アリッサ・洗馬《せば》です。お会いできて……本当に……光栄です……』

ん？　どうしたんだろう……？

と思ったら、アリッサさん……な、泣いてる！

『おいおいアリッサ。何泣いてるんだぁ？』

『……すみません。うれしすぎて……つい……』

零《こぼ》れ落ちる涙を、止められない様子のアリッサさん。

『あーわかるわ。アリッサ言ってたもんな。愛《いと》しのカミマツ先生に会いたいって』

い、愛しのぉ！　ど、どういうこと……？

『先生聞いてくれよ。こいつな、先生の超ファンなのよ』

こ、この人も⁉　由梨恵だけじゃなくて……？

『なにせアニメ化の企画が社内で上がったとき、まず真っ先に、自分から〝曲を作った。ぜひこの最高の作品の主題歌に使ってくれ〟って頼んできたんだからな』

何度も何度も、とアリッサさんがうなずく。

頬を赤くし、眼を輝かせながら僕に言う。

『……先生の素晴らしい物語に、わたし感動したんです。こんな美しいお話、うまれて初めて読みました。気づいたら曲を作っていたんです』

アリッサさんはまだポロポロ涙を流しながら、僕に深く頭を下げる。

『……先生。本当に、ありがとうございます』

「いえ、こちらこそ。素敵な歌をどうもありがとう」

アリッサさんは顔を真っ赤にして、フルフルと体を震わせる。

『……先生。ああ、先生！』

アリッサさんは突然、僕に抱きついてきたー！

ええ⁉　なんだぁ！

驚いている間にも僕の体は、アリッサさんに押し倒される。

『お、おい、おめえら大丈夫か？』

御嶽山監督が目を丸くしながら聞いてくる。

「あ、は、はい……あの、アリッサさん。どいて……」

けれど彼女は僕のことを、押し倒した状態からどいてくれない。

『……先生に会いたくて会いたくて、でも会えなくって……このままずっと会えないものだと思ってたので……だから、とてもうれしいんです』

「そ、そ、そう……ですか……その、ごめんなさい」

『……いいんです。こうしてカミマツ先生にお会いできたので。本当に……うれしい』

そこで、予想外のことが起きた。

アリッサさんは僕の頰を手で包み込む。

そして……顔を近づけてくる。

監督も僕も、そして会場の皆も困惑している中で……。

ちゅっ……♡　と、僕の頰に、アリッサさんがキスをした。

「……………え？」

アリッサさんは顔を真っ赤にして、しかし微笑みながら言う。

『先生。……わたし、あなたのことを愛してます。心から、ずっと、ずっと』

一瞬、何されてるのかわからなかった。

え、あ、え、えええ⁉　き、キスぅ！

『おいおいアリッサぁ。愛しの彼に会えたからって押し倒してキスたぁ、大胆じゃねえか』

え、とアリッサさんが目を丸くする。

状況を今理解したのか、かぁ～……と耳の先まで赤くする。

『も、申し訳ございません！』

アリッサさんがすぐさま僕からどく。

何度も何度も、ぺこぺこと頭を下げてきた。

『憧《あこが》れの人を前にしたら、頭が真っ白になってしまって……』

僕が立ち上がると、アリッサさんは消え入りそうな声で言う。

「あ、えっと……その……」

『……どうか、嫌いにならないでくださいまし』

「そ、そんな！　嫌いになんてならないよ！」

だってデジマスをこんなに愛してくれる、いい人だもん。

嫌いになんてならないって。

『……カミマツ様。ああ、カミマツ様ぁ♡』

またアリッサさんが飛びついてきたー！

二度目の押し倒しに遭う。はぁはぁ、と興奮しながら僕にしなだれかかってくる。

「か、監督ぅう！　助けて！」

『おーい誰かカメラもってこーい。エロ歌手が神作家押し倒してる。良い絵がとれそうだ』

「もー！　やめてくださいよぉお！」

結局アリッサはまた我を忘れてたらしく、何度も頭を下げてきた。

悪い人じゃないけど、情熱的な人だなぁってそう思ったのだった。

◆

デジマスの祝賀会にて。
開会式で、僕は超人気歌手のアリッサ・洗馬さんから、キスされた。
話は数十分後。
「……カミマツ様。お食事取ってきました。どうぞお食べくださいまし」
アリッサさんが微笑みながら、お皿を持って僕に近づいてくる。
「あ、ありがとうございます……」
僕は恥ずかしくって、アリッサさんの顔を直視できなかった。
まさかあんな大勢の前で、だ、大胆なことされるなんて……。
しかも愛してるって……いやいや、何を勘違いしてるんだ僕は！
僕があんな、きれいな人に告られるわけないもん……みちるで学習しました。
でも近くで見るとわかるけど、ほんと〜に美人だ。
聞けば彼女のお母さんはイギリス人らしい。ふぁー、道理できれいなわけだ。
美しい金髪、抜群のプロポーション。
しかも人気も実力も兼ね備えている、僕からすれば天上人だ。
「……どうぞ♡」
すっ、とアリッサさんがフォークを僕に向けてくる。

こ、これは……食べさせてくれようとしてるの⁉　超人気歌手が⁉

「いやいやいや！　恐れ多いですって！」

「……ご遠慮なさらず。さぁ♡」

ぐいぐい来るなこの人……てゆーか、胸！　当たってる！　あ、ぐにゅって動いて気持ちいい……。

あなた、もうちょっと胸が大きいことを自覚して！

「……もしかして、おいや、ですか？」

僕がまごまごしてるから、嫌っていると勘違いしてしまったようだ。

ああ！　悲しそうな眼で、上目遣《うわめづか》いでこちらを見てくる。

申し訳なさでいっぱいだけど、その顔もまた美しくて、ドキッとしてしまうよぉ！

「えっと……いやじゃ、ないです」

「……では、あーん♡」

僕はごはんを彼女から食べさせてもらう。

その様子を周りから、がっつり見られている。

『見て、ラブラブじゃん』『……超人気作家と超人気歌手のカップルか』『お似合いよね～♡』

……なんか、すごい好意的に見られてない⁉

「……ああ！　幸せ！　もう今死んでも悔いはないです♡」

「お、大げさだよ……てゆーか、死なないでね」

「……ええ、もちろんです♡　さ、二口目を。あーん♡」

ううん、気恥ずかしいなぁと、思っていたそのときだ。

「あ、あの……！　すみません！　ちょっとどいて……居た……！　おーい！」

笑顔で由梨恵が笑顔で駆けつけてくる。

この状況に困惑してたので、友達と出会えてほっとする。

ぴくん、とこめかみに血管が浮かぶアリッサさん。あ、あれぇ？　どうしたんだろう。

アリッサさんは僕の腕を取って、その場から去ろうとする。

「……先生。あちらのお料理が美味《おい》しそうです。食べに行きましょう」

む、胸ぇ！

胸が当たってます！　ぐにゅっと！

「え、っと……ちょっと彼女と話していきたいから……一人で行ったほうがいいんじゃ……」

「……ではわたしもここにいます」

ぎゅっ、と強くアリッサさんが腕を抱きしめる。

心なしか、さっきよりも強く、そして由梨恵から僕を隠すように抱く。な、なんなの？

「ごめんね。大事なこと言いそびれてて」

「大事なこと？」

なんだろう？　と思ってると、由梨恵が頭を下げてくる。

「デジマスを書いてくれて、本当にありがとう！」

バッ、と顔を上げる。

「私、いつもあなたの作品に勇気をもらってたの。辛《つら》いときも、苦しいときも……勇太くんの作ってくれる最高の物語に、いつだって励まされてきたんだ」

由梨恵は微笑むと僕の手を握る。

「ずっと作者のあなたに、お礼が言いたかったの。本当に……ありがとうございます」

じわ……と目尻が熱くなる。

僕は知らず涙を流していた。ああ、うれしいなぁ……

こんな凄い人に感謝される日が来るなんて。作品を書いててよかった……。

「……先生」

ずいっ、とアリッサさんが僕と由梨恵の間に割って入る。

「……もうお話はおわりでしょう。さ、あちらに」

「あ、あの……！　待って！　まだ私、勇太くんとおしゃべりしたい……」

ぴくっ、とアリッサさんがこめかみを動かす。

「……勇太……くん？　……あなた、ちょっと失礼では？」

「え？」

ぽかん、と由梨恵が口を開く。

「……カミマツ先生は、世界最高の小説家です。それをくんづけなんて……ちょっとリスペクトが足りてないのでは？」

「い、いやアリッサさん……別にいいよ……。別に僕たいしたやつじゃないし……」

「……いいえ、先生。自分を卑下なさらないでくださいまし」

アリッサさんは僕の手を握って、顔を近づける。

甘い匂《にお》いと、驚くほど整った顔が近くにあって、心臓がもうドキドキしまくっていた。

「……あなた様は素晴らしいお方です。誰よりも凄いお方……歴史に名を残す偉人です」

「い、いや……だから大げさだって」

「……さすがです、先生。自らの凄さをひけらかさない。これが一流の文化人なのですね」

ああもう！　だから僕はそんなたいそうなヤツじゃないんだってば！

「ご、ごめんね勇太……先生。気をつけ……ます」

由梨恵が申し訳なさそうに肩をしぼめる。

「い、いやいや！　いいんだって！　由梨恵は普通に接してよ」

「……由梨恵？」

アリッサさんの顔から表情が消える。

こ、こわい……。

「……随分と、仲がよろしいようですね。あなた、わたしの彼氏のなんなの？」

あ、あれぇ、いつの間にか僕、彼氏認定されてるっ？

ぼ、僕まだ返事してないのに！

「か、彼氏⁉　え、勇太くん……付き合ってるの、この人と？」

「……そうです」『ち、ちがうよ！」

ふー……と由梨恵が吐息をつく。

「そ、そっかぁ～……よかったぁ……」

「え？　よかったって……？」

「え⁉　あ、ううん！　ふ、深い意味は特にないけども！」

するとアリッサさんは僕の肩を摑んで、真剣な表情で言う。

「……先生。どうかわたしのことも、アリッサと呼び捨てにしてくださいまし」

「い、いや……それはちょっと……」

「……お願いします。先生」

凄いプレッシャーが……。

断りにくい状況にある……由梨恵のことも由梨恵って呼び捨てにしてるし……。

「わかったよ……アリッサ。じゃあ僕のことも、先生って呼ばないでくれるとうれしいな」

「……わかりました♡　ユータ様」

ええー……なんか悪化してないぃ？　まあ……いい、かなぁ。

とそんなふうに困惑していたそのときだ。

「あ、あの……！　カミマツ先生！」

遠巻きに見ていた女の子が、僕に近づいてきた。

「お、お会いできて光栄です！　ちょび役で声を当ててる、日出塩《ひでしお》と言います！」

声優さんのひとりが、僕に挨拶にきた。

それを皮切りに、たくさんの声優さんたちが近づいてくる。

「先生の生み出したキャラに声を当てられたこと、とても誇らしく思います！」

「おれも！」

また別の声優さんが、笑顔で僕に頭を下げてくる。

「デジマスのキャラを演じられたことで、新しい仕事がバンバンくるようになりました！　先生にはもう一生頭が上がりません。ほんとありがとうございます！」

がっしりと手を摑まれて、ぶんぶんと振るわれる。

うれしくもあるけど、こんな大人の人に感謝されまくるのは恐縮だ……。

「い、いや仕事がくるようになったのは、あなたの実力では？」

「デジマスっていう、ビッグコンテンツに関われたからこそです。つまり先生の手柄です！」

そんな調子で、次から次に、僕は声優さんたちから頭を下げられまくる。

なんかもう申し訳なくなる……。

「いやあの……僕、ほんと大したことしてないんで……」

アニメと映画が成功したのは、監督と声を当ててくれた声優さんたち、それにスタッフの皆さんが頑張ってくれたからだと思う。

そう伝えると……。

「さすが先生！」『すっげ謙虚すぎる！』『やっぱ先生はすごい人だ！』

おお……！　と歓声が上がる。

なんで⁉　どうして感心されてるの⁉

「……本当に素晴らしいお方です、ユータ様は」

「ほんとほんと！　勇太くんは凄いひとだよー！」

アリッサと由梨恵が笑顔でうなずいている。

そんなふうに僕は祝賀会を楽しんだ。

初めて大きなパーティに参加したけど……すっごい楽しかった。

たくさんの人たちから、感謝されて、認められていたことが……本当にうれしかった。

「どう、先生？」

芽依さんが笑顔で僕に近づいてくる。

「ほらね、たくさんの人が、君の周りにはいて、みんな君に感謝してるんだよ」

芽依さんの言う通りだった。

今まで、僕はみちるに悪いからって理由だけで、大きなパーティへの参加を断ってきた。

みちる以外の女の子と会うのは、みちるに悪いからって。

でも今思い返せば、なんて独りよがりだったろう。

パーティとは別に、女の人との出会いの場ってわけじゃない。

たくさんの人に、お礼を言う場所、感謝する場所でもあったんだ。

今日それがわかった。参加して本当によかった！

今度からはきちんと参加しよう。たくさんの人に、感謝を伝えたいから！

◆

勇太がパーティに参加した、その日の夜。

大桑《おおくわ》みちるは、近くのコンビニにスイーツを買いに行って、帰ってきた。

「ん？　勇太の家の前にタクシー？　こんな時間に……？」

みちるの家は勇太の家のすぐ近くにある。

黄色いタクシーから出てきたのは、勇太の父・庄司だ。

「さぁゆりたん！　アリッサ様も！　どうぞ我が家に寄っていってくださいよぉ……！」

「ゆりたん……アリッサ……ですって？」

普段ならスルーして帰るところ。

しかし気になるワードを耳にしたので、確かめることにしたのだ。

みちるは電柱の影に隠れて上松家の前に停まっているタクシーを見やる。

上機嫌そうな勇太の父。

続いて出てきたのはスーツ姿の幼馴染《おさななじみ》・上松勇太だ。

「……まーたあのだっさいネクタイしてる」

勇太の今日のネクタイは迷彩柄のネクタイだった。

昔から勇太は服のセンスが壊滅的だったことを、みちるは幼馴染ゆえに知っている。

「なんかの行事でもいってたの？　だとしたら最悪。ダサすぎ。あのネクタイはないわ」

記憶に残るダサさのネクタイだ。

ふんっ、とみちるは馬鹿にしたように鼻を鳴らす。

勇太はこの間、自分に告ってきた。

だがみちるは勇太を異性として見たことは一度もない。

それに今彼女は、恋する乙女。カミマツ様（妄想）はきっと素敵なひとのはず。

勇太のことなんて眼中にないのだ。帰ろうと思ったそのときだ。

「……じゃあ、お言葉に甘えて、お邪魔しても良いですか♡」

「なっ⁉」

タクシーから出てきたのは金髪の超絶美女、人気女性歌手のアリッサ・洗馬だったのだ。

「う、うそ……なんで？　どうして……アリッサがここに……？」

みちるは普通のＪＫだが、オタク知識についても、そこそこある。

アリッサ・洗馬のことはよく知っている。

なんといっても、彼女はデジマスのＯＰを歌っている。間違うはずがない。

それに二年連続で紅白に出場していることもあって、知名度が高い。

困惑するみちるをよそに……また新たな人物が現れる。

「へえ、ここが勇太くんのお家なんだ。素敵な家ね！」

「でっしょーゆりたーん！」

デレデレとする勇太の父。

その隣には……黒髪の美少女。

「はぁ⁉　こ、こ、駒ヶ根由梨恵ですってぇ⁉」

今最も人気のある女性声優、駒ヶ根由梨恵。

レギュラーのアニメに何本も出ている。

そして敬愛するカミマツ様のアニメにも、主役として声を当てている。

「うそ……なんで？　アリッサ・洗馬と駒ヶ根由梨恵が……勇太の家に？」

みちるの頭の中では、疑問符がいくつも浮かんでいた。

「い、いいや……見間違いよ！　超絶そっくりさんよきっと！」

勇太はただの陰キャ高校生。

間違っても超人気声優や歌手と、知り合いになれるわけがない。

一方で勇太は父に言う。

「あ、あのさ父さん……夜も遅いし、女の子を知らない男の家に上げるのは……だめでしょ」

「えぇ⁉　何を言ってるんだぁ勇太ぁ！　せっかく超人気声優ゆりたんと！　超人気歌手のアリッサ様ご本人たちを我が家に招くビッグチャンスなんだよぉ！　こんな機会もうこの先ないかも知れないんだよぉ！」

……みちるはその場にへたり込む。

「……う、そ。マジ、なの？　本物……なの？」

そういえば、勇太の父は出版社のお偉いさんだっけと、みちるは思い出す。

……ならば、あの女たちは、本物だということだろう。

「どうして？　なんで……？　どういう関係で勇太の家にデジマスの関係者が……？」

謎《なぞ》が一つ解けたと思ったら、さらなる謎が押し寄せてくる。

混乱の渦中《かちゅう》にいるみちるなんて、勇太たちは気づいていない。

「あなた、うるさいですよ。あらゆーちゃん、お帰りなさい♡」

家から出てきたのは勇太の母だった。

「母さん！　ちょうどよかったサイン色紙ある⁉」

「あなたたくさん持っていったではありませんか？」

「もう全部使っちゃった★　勇太パワーで声優さんからサインもらいまくりでさぁ！」

「……ほんと、情けないったらありゃしない……」

そんな母に、アリッサ・洸馬が頭を下げる。

「……初めまして、アリッサ・洸馬と申します。ユータ様のおうちに嫁《とつ》ぎにきました」

「「はぁあああああああ⁉」」

勇太、勇太父……そして、みちるの声が重なる。

「と、嫁ぎにきたぁ⁉」

アリッサは、よりにもよって陰キャ高校生と入籍するつもりらしい。

天地がひっくり返っても、あり得ない出来事である。

「ちょ、ちょっと待って……！」

それを引き留めたのは由梨恵だ。

「あら、あなたは？」

「初めまして、駒ヶ根由梨恵と申します。勇太くんの友達です！　い、今のところはっ！」

頬を赤らめて由梨恵が言う。

友達とは言うが、しかし勇太へ向ける好意がダダ漏《も》れだった。信じられないことに。

もはやみちるは、ここが現実なのか、夢なのか、わからなくなっていた。

モテない冴《さ》えないどうしようもない。

そんな勇太に……有名人かつ美少女たちが、好意を寄せているなんて。

「なるほど……わかりました、ゆーちゃん」

にこり、と母が笑う。

「どうぞ、お家《うち》に上がっていってくださいな」

「「いいんですかっ？」」

「ええ♡　ゆーちゃんが連れてきたお嫁さん候補ですもの。じっくり、見極《みきわ》めないと」

スッ……と母の目が鋭く光る。

おそらく大事な息子の結婚相手を、吟味しようとしているのだろう。

「か、母さんダメだって！　夜も遅いしほら！」

「明日は土曜日です。ちょうどいい、お二人とも泊まっていってくださいな」

「「いいんですかっ⁉」」

……アリッサも由梨恵も、とてもうれしそうにしている。

「よくやったぞぉ勇太ぁ！　超有名歌手と声優が嫁にくるだってぇ！　毎日『お義父《とう》様』って言ってくれるだってぇ♡　うひょー！　最高じゃーん！　ふたりとも嫁にしようぜ！」

母は静かに微笑む。

「あなた♡」『なんだいっ？』「黙れ」

般若《はんにゃ》のごとき表情を浮かべ、母が父のミゾオチをヤンキー蹴《キック》り。

「ふぐぅ……」

倒れ込む勇太の父。

虫けらでも見るような目で見下ろす母。

「さ♡　三人とも。早く中にお入りなさいな」

◆

「嘘《うそ》よ……あり得ないわ……」

みちるは自分の部屋に戻ってきて、ベッドに倒れ伏し呆然とする。

先ほどの出来事を思い出す。

冴えない幼馴染が有名人ふたりを連れてきた。

それだけでも異常事態だが、より問題なのは、二人が勇太に明らかに恋心を抱《いだ》いていたことだ。

「なんで……？　どうして？　……勇太の、どこに好きになる要素があるの？」

みちるは一生懸命、答えを探す。

だがいくら考えても結論は出てこなかった。

「ネット検索でもしてみようかしら」

みちるはアリッサ・洗馬と駒ヶ根由梨恵を調べる。

ネットに何か二人と勇太をつなげる手がかりがないだろうかと。

「……ダメだ。何にも見つからない」

二人とも事務所がしっかりしているため、そう簡単に情報は落ちていなかった。

……しかし手がかりは意外な場所からもたらされた。

「こ、これは……！」

みちるはネットで一枚の写真を見つけた。

日出塩という声優のツイッターの画面だった。

『デジマスの祝賀会いってきましたー！　原作者のカミマツ様に会っちゃった～♡』

……そんなツイートとともに、写っていたのは一枚の写真。

日出塩の隣にはスーツ姿の人物が写っている。

顔はスタンプで隠されているから顔はわからない。

だが……みちるにはわかった。幼馴染だからこそわかるものがある。

体型や雰囲気。そして何より、

「この迷彩柄のクソださネクタイ……こ、これって……」

先ほど勇太がタクシーから降りてきたとき、彼が身につけていたものと同じだった。

ツイートには原作者のカミマツ先生と書いてある。

みちるの目の前に並べられた証拠。そして、あの日の告白を思い出す。


――僕が、デジマスの作者なんだよ？


あのとき、みちるは勇太が笑えない嘘をついたのだと思っていた。

しかしそれが嘘ではなく真実だとしたら……。

「……嘘。嘘よ。よりにもよって……あの勇太が、カミマツ様だなんて」

自分が大好きな神作家に対して、とんでもないことを言ってしまったことになる。

みちるは布団《ふとん》に入って丸くなる。

「勇太がカミマツ様なわけがない！」

彼女は自分に強くそう言い聞かせる。

もういい、そんな笑えない推測なんて寝たらすぐ忘れる！

……しかしみちるはその口、一睡もできなかった。

◆

週明け、みちるは寝不足状態で登校する。

彼女が通っているのは、近所にある私立アルピコ学園。

幼馴染の勇太共々近いから、というだけで選んだ学校だが、スポーツに力を入れており、強豪校として県内外でも有名である。

「中津川《なかつがわ》くーん、インターハイでるんだってぇ？」

クラスのカースト上位たちが騒がしくしている。

中津川と呼ばれた男は、クラス一のイケメンと言われている男だ。

「ああ、今年こそ優勝だぜぇ！」

派手な見た目で、身長が高く、しかもバスケ部のレギュラーであるらしい。

だが、みちるはカミマツ様一筋なのでどうでもよかった。

ふと、中津川と目が合う。

彼はにんまりと笑ってくる。ねばついた視線に嫌悪感を覚えた。

気持ち悪い……と思った。みちるの胸や太ももを、無遠慮に見ていた。

あの性欲にまみれた汚い目つき。

あんなキモいのに比べたら、いくら頼りなくたって勇太のほうが百倍ましだ
「おはよ、みちる」

顔を上げると勇太がそこにいた。

自分が今真っ先に考えなければならないのは、この少年のことだ。

「………」

おはようと返事を返そうとして、やめた。

今みちるは、勇太への態度を保留中である。

彼は現状、カミマツ様をバカにした男であると同時に、その本人である可能性もある。

しっかりと見極めねば。

「顔色悪いよ、大丈夫？　保健室、いく？」

みちるの内情などまったく気にしてる様子もなく、勇太が普段通り接してくる。

「うっさい、話しかけてくんな、ばか」

「？　ごめんね」

勇太の横顔をチラ見する。

みちるに拒まれても、特に傷ついてる様子はない。むしろなんだか顔色がいい。

先週末、勇太の家に由梨恵とアリッサが来たことは事実。

その後あの家で何があったのかはわからない……。

「ねえちょっと」

「ん？　なぁに」

どう聞くべきだろうかと悩む。まさかストレートに聞いても答えてくれないだろう。

「あ。あんたさ……先週末、その……どっかいった？」

なんとも抽象的な言い回しとなってしまった。

「うん。ちょっと、父さんの仕事の都合でね」

……ツイッター情報によると、どうやらデジマス関係のパーティがあったらしい。

そのパーティに参加していた、のかもしれない。

「そ、そこでさ……その、友達、とか、できた？」

「うん！」

由梨恵はデジマスの声優だし、アリッサは主題歌を歌っている。

そこで知り合ったとなれば辻褄があう。もちろん勇太がカミマツであるという前提だが。

ぎり、とみちるが歯噛みする。

友達ができたと報告するその顔は、とてもうれしそうだ。

勇太とは幼い頃からの付き合いだが、自分以外の他人のことで、こんな笑顔を浮かべているのをはじめて見た。

「ふん！　あっそ！」

友達＝由梨恵たちとの出会いが、そんなに楽しかったの？　うれしかったの？

あれ、なんだろう？　みちるは胸を押さえる。

勇太に他の女の友達ができただけなのに……どうしてか、胸がチクリと痛んだ。

「みちる、なにか怒ってる？」

「怒ってるわよ！」

「なにに？」

「知るかっ、ばかっ！」

理不尽に当たり散らしても、勇太は特に気にした様子はない。

「あ、そうだ。古文の授業寝ちゃだめだよ。今日みちる当てられるだろうし」

「命令するんじゃあないわよ！」

と、そのとき、ピコンっ、と勇太のスマホに、ラインの通知音がした。

「あ、ごめんね。友達からだ」

勇太が自分との会話よりも、新しい女とのラインに興味を持っている。

もしや……とまた、胸の奥に黒い気持ちが広がる。

相手は十中八九、あの二人のどちらかだろう。

勇太の家族は授業中にラインなんて送ってこないだろうし。

「え？　ふふっ、いいよ……っと」

女からのラインを見て彼は喜んでいる。

なんだ？　なにが、いいんだ？　相手とどんな会話をしてるんだろう。

勇太がまた笑っている。

新しい女と楽しく会話してる。

「……だめっ！」

ばっ、と思わず、みちるは勇太からスマホを奪い取った。

「どうしたの？」

……どうしたの、はこっちのほうだ。みちるは自分の行動に大いに驚いていた。

論理的な思考回路を、湧《わ》き上がった衝動が塗りつぶす。

「じゅ、授業……そう！　授業はじまるでしょ、スマホいじるなんてバ、バカじゃないの！」

思わず口から出た言い訳を補完するように、ちょうどチャイムが鳴る。

勇太は納得したようにうなずいた。

「ありがと、みちる」

勇太の笑顔を直視したくなくて、みちるはスマホを乱暴に投げ返した。

◆

授業が始まっても、大桑みちるは、勇太の挙動が気になって仕方なかった。

彼が愛しのカミマツ様と同一人物なのでは？

この三日間、部屋に閉じこもって、ずっとそのことに思考を巡らせ続けた。

もしそれが本当だったら……憧れの存在から告白されたのに、振ってしまった。

『ああなんて勿体《もったい》ないことを……！』

みちるは頭を抱《かか》えて、ベッドの上で何度も何度も悶《もだ》え続けた。

『でもあり得ない、ずぅえったいにあり得ない！』

デジマスという物語は特別なのだ。読んでいると辛い現実を忘れられる。

そこに描かれている問題や葛藤《かっとう》は、みちるがその時々で感じていたものとリンクしてた。

自分が思うそのままのことを、物語という世界で、描いてくれている。

それはまるで神がみちるを楽しませるためだけに、描いてるかのような、錯覚を起こす。

物語を通して、作者《カミマツ》がいつも励ましてくれるのだ。

こんな読書体験は生まれて初めて……いや。

実は過去にも同じようなことがあった……気がする。だが昔のことで、忘れてしまったが。

「……とにかく、今は勇太のことね」

カミマツ＝勇太なんて説を、信じるわけにはいかない。

幼馴染の彼が平凡であることは、みちるが一番よくわかっている。

愛する神の正体が、平凡な人間であってはならないのだ。

「こうなったら、徹底的に調べてやる！」

一人静かに、みちるは決意する。現状、カミマツ＝勇太という根拠はあまりに薄弱だ。

だから色々と悪い妄想をしてしまう。ならばいっそ、隅から隅まで調べ上げて、カミマツは勇太ではないという確かな証拠をそろえようと思った。

ふと、隣を見ると、勇太がまた笑っていた。スマホをばれないように見てる。

みちるは舌打ちをする。彼が楽しそうに笑っているのが、やはり妙にムカつくのだ。

「……もう、なんなのよ、もうっ！　あいたっ」

「こら大桑。授業中に何ブツブツ独り言言ってるんだ」

教師に頭を叩かれ、みちるは半泣きになる。これも全部勇太が悪いに決まってる！

第3章　…勇太が、カミマツ様だ

授業が終わるとクラスメイトたちはいっせいに動き出す。

「ちょっと勇太《ゆうた》」

「ん？　なぁにみちる？」

みちるが僕に声をかけてきた。珍しい、放課後はだいたいすぐに帰っちゃうのに。

「これから帰るの？」

「あ、うん。用事あるけど、いったん帰ってからって思ってる」

「あ、そ……」

みちるが小さく「これは調査のためだから……」と何か自分に言い聞かせていた。

「たまには、一緒に帰らない？」

「え？」

どうしたんだろう。急に。よくわからないけど、久しぶりに一緒に下校できるのはうれしい。

「うん、いいよ」

「じゃ、帰るわよ」

僕たちはカバンをもって教室を出る。

廊下を渡りながら下駄《げた》箱を目指す、のだけど……。

「あ、あの……みちるさん？」

「なによ……？」

「近いんですけど……」

僕のすぐ真横にみちるがいる。しかもなんか顔をものすっごく近づけている！

花のような甘い香りにくらくらする。

それに何よりおっぱいが……ぐにって当たってるんですよ。

「気にしないで」

「なんと、なんでそんなに凝視してるの？」

「別にいいでしょ。そういう気分なの」

「いや前向かないと危ないって……」

階段に差しかかったそのときだ。

「あっ！」

僕を見つめすぎてて、みちるが階段から転びそうになる。

「あぶない！」

僕はとっさに彼女の体を抱《だ》きしめる。

どしーん！　と大きな音……。

「あたたた……」

「！　勇太！　大丈夫⁉」

みちるが顔を真っ青《まさお》にして僕に尋ねてくる。

「うん、へいちゃらだよ」

「そ、そう……よかったぁ……」

……僕は、うれしくなった。彼女が僕をすぐに心配してくれたこと。そして、無事を知って喜んでくれたことが、とても、とてもうれしかった。

しかし……。

「みちるさん、その……どいてくれます？」

「へ？」

「その……見えちゃってるんで、はい……」

僕は階段の踊り場に、仰向《あおむ》けに倒れている。みちるがおなかの上に載っているような状態だ。

ミニスカートから見えるわけで、その、縞々《しましま》のパンツが……。

「〜〜〜〜〜〜〜〜〜〜〜〜〜〜〜〜〜〜！」

みちるはさっさとどいて、顔を真っ赤《か》にして、きっ、と僕をにらみつける。

「……み、見たでしょ？」

「え、あ、うん。今も縞パン穿《は》いてるんだね」

立ち上がった僕に対して、みちるが耳まで真っ赤にして叫ぶ。

「な、なにまじまじと見てるのよぉ！」

「で、でもほら小さい頃は一緒にお風呂《ふろ》に入ったし、パンツも……」

「ば、ばかぁーーーーーーーーーーーーーー！」

ほどなくして、僕たちは下駄箱を後にする。

みちるが僕の真横を歩いている。正直怒って去っていくのかと思っていたので意外だった。

「ごめんってば」

「ふん……まあいいけど」

そのとき、ぽこん、とスマホに通知が来た。

画面を見るとアリッサからだった。

『お迎えに上がりました』

「迎え？」

ふと見上げると、校門の前に黒服のごつい人がいた。

「ゆ、勇太帰りましょ。たぶんヤのつく人よ」

「う、うん……」

僕らは黒服の人から逃げるように、距離を取ろうとする。

だが男は僕のほうに近づいてきた。

「ひっ！」

みちるがぎゅーっ、と僕の腕を摑んできた。気が強いところもあるけど、怖がりなのだ。

震えてる彼女を見て、僕はとっさにかばうように、黒服の前に立つ。

「あ、あの……な、なんでしょう？」

僕はスマホを握り締めながら黒服の人を見上げる。何かあったらすぐに通報できるように。

彼はじーっ、と僕を見つめると、ぺこりと頭を下げた。

「すみません、怖がらせるつもりは毛頭《もうとう》ございませんでした」

「「え？」」

僕もみちるも、ぽかんと口を開く。

「あっしはアリッサ様の手伝いをしているものです。勇太さまをお迎えにあがったまでです」

「あ、アリッサの……知り合い？」

こくこく、と彼が何度もうなずく。

彼に導かれるままに近づくと、リムジンが停まっていた。

うぃいん……と窓が自動で降りてくる。

スモークガラスの向こうに座っていたのは、金髪の美少女……。

「あ、アリッサ・洗馬《せば》ぁあああああああああ⁉」

みちるが驚愕《きょうがく》の表情を浮かべる。

一方で僕はホッとした。彼の言っていたことは本当だったんだ。

「どうしたの、アリッサ？」

「……お迎えに馳《は》せ参じたのです」

あ、なるほどそういえば、そんなメッセージ来ていたね……。

「さ、勇太さま。乗ってくださいやし」

黒服さんに導かれて、僕は車に乗る。

「そちらの可愛《かわい》い彼女さんも、よければ家まで送っていきやすぜ？」

「んなっ⁉」

みちるが顔を真っ赤にして体をプルプルと震わせる。

ああ、これは怒るだろうなぁ。

「よ、余計なお世話よぉおおおおおおおおおおおおおお！」

思った通り、みちるは顔を怒りで真っ赤にしながら、走り去っていった。

「あちゃー。怒らせちゃった」

黒服の人は首をかしげながら言う。

「そうですかい？　怒ってる様子はなかったんですがね」

でも、顔紅《あか》かったし、たぶんご立腹だったのだろう。

そうだよね、こんな陰キャな僕と恋仲って思われたら、嫌だもんね。

いつもなら凹むけど、今はあんまり。精神的に余裕があるからかな？

「……さぁユータ様、参りましょう。我が家にご招待いたします♡」

◆

アリッサから授業中に、お茶しないかと誘われていたのだ。

けれど僕らが向かったのは、アリッサの家だった。

「す、すごいな……このマンション」

僕は都内にある、高層マンションの最上階にいた。

窓から見下ろす都会の風景。

寺や近くの私立男子校、都内の風景がまるでミニチュアのように見えた。

「こんな凄《すご》いとこに住んでるんだ、アリッサ……」

彼にこのマンションまで案内されて、僕らは今ここにいる。

「ユータ様♡　コーヒーが入りました♡」

馬鹿《ばか》でかいリビングに、お盆を持って現れたのはアリッサだ。

ふわふわとした長い金髪と冬空のような青い瞳《ひとみ》。

優しい目元に豊満なバスト。

これで僕の一個上なんだから驚く。女優も裸足《はだし》で逃げるレベルの美人だもん。

「あ、ありがとう……」

テーブルの上にアリッサがアイスコーヒーの入ったグラスを置く。

正面に彼女が座る。

僕は椅子に座ってそれを手に取って、一口飲む。

「……苦くない」

何も入ってないブラックコーヒーなのに、苦みをまるで感じさせなかった。

高い豆なのか！　高い豆で作ったコーヒーは苦くないのかっ！

「……ああ、ユータ様がわたしの作ったアイスコーヒーを飲んでくださってる♡」

アリッサが目を♡にして、小声で何かをつぶやいてる。

す、すごい、圧を感じる。目からビーム出そうなくらい凝視されてる。気まずい。

あとやっぱり距離が近い。みちるもそうだったけど、アリッサはもっと近い。

テーブルに身を乗り出してガン見してくる。か、顔が近い。

「ええっと、お、お金持ちだねアリッサって……すごいなぁ。さすが紅白歌手！」

こんな一等地にある、高層マンションの最上階に住めるくらいだからね。

「……ユータ様はあんなに稼いでいるのに、普通のご家庭でしたね」

「母さんがすっごいしっかりしててさ。印税とか、全部管理してくれてるの」

「……それは、羨《うらや》ましいです」

ぽつり、とアリッサがつぶやく。

どこか寂《さび》しそうな感じがした。

「アリッサの両親は？　姿が見えないけど」

「……ここにはわたし一人で住んでいます。お手伝いさんが週に何回か来てくれますけど」

「一人？」

「……ええ」

なんだろう、複雑な家庭環境にあるのだろうか。

気にはなるけど、デリケートな部分だろうし、あまり触れないでおこうかな。

「……ところで、ユータ様っ。折り入ってお願いがあるんです」

「お願い？」

なんだろうお願いって……？

僕ごときでできることってあるかな？

「……さ、サインを……いただけないでしょうかっ。その、この間羨ましくって」

たぶんこの間のパーティでのことだろう。由梨恵《ゆりえ》にサインをあげたし。

あのとき本当はアリッサも欲しかったんだろうね。

「なんだ、いいよ」

「……ほんとですかっ！」

急いで立ち上がって部屋を出て行き、また戻ってくる。

「……で、ではこれにサインをお願いします！」

書籍版デジマスの一巻だった。

僕はうなずいて、彼女から本とフェルトペンを借りる。

しゃしゃっ、とサインを書く。

「……すごい、あっという間にサインが！　サイン慣れしてますね！」

「うん、なんかデジマスの本をだすたび、サイン本を頼まれるから慣れちゃった」

他のラノベ作家たちも、毎回サインしてるんだろうなと思うと、大変だよね。

千冊単位で依頼されるんだもん。疲れちゃうや。

「……なるほど！　すごい……さすが人気作家！」

「いやいや……はいどうぞ」

僕はサイン本をアリッサに手渡す。

彼女はサイン本を胸に抱いて、ふにゃふにゃと顔をとろかせる。

「……一生の宝物にします♡」

「いや大げさな……あ、そうだ。逆にサインもらえない？」

「……もちろんです！」

とは言えサイン色紙なんてもっていないので、授業で使っているルーズリーフを手渡す。

アリッサはペンをシュシュ……と走らせる。

「……あっ、すみません、失敗してしまって。もう一枚ください」

その後、何度も失敗して、ようやくサインを完成させた。

「……申し訳ございません。サイン、慣れてないので……」

「そうなの？　サインねだられないの？」

「……そういうの、全部断ってます」

「え、意外。何か理由でも？」

「……人と接するのが、苦手で」

超人気歌手から信じられないカミングアウトを頂いた。

冗談、だよね。

「でもそれじゃライブとかどうしてるの？」

「……歌を歌っているときは、いいんです。歌うことに集中して、周りが気にならないので」

アリッサはプライベートではとても内気な人間らしい。

「家に呼んだのも、外だと人の目が合って気が散っちゃうとか？」

「……さすが、作家先生は人の心を読むのに長《た》けてますね」

いや別に作家だからとか関係ないんだけど……。

「でも、じゃあ祝賀会のパーティによく参加したよね」

「……当然です。大事な作品の、大事な式典だったじゃないですか」

大事な作品……か。僕はアリッサが持ってきた本を見やる。

初版帯がついていた。けど……何度も読んだのか、だいぶくたびれていた。

「アリッサは……デジマス好きなの？」

「……ええ。大好きです♡　世界で一番、愛してます」

静かに微笑《ほほえ》みながら、アリッサがグラスを手にする。

「そっか……ありがとう。僕もアリッサの曲好きだよ」

デジマスはまずアニメ化してから、映画化された。

どちらも曲はアリッサが作ってくれた。

アニメ一期もエンディングも、どっちも大好きだ。

「ひゃぁ……！」

彼女が顔を真っ赤にして大げさに反応する。

そのときだ、パシャッ、と彼女のセーターとスカートにコーヒーがかかったのだ。

「だっ、大丈夫？」

「……へ、へ、へいちゃらでしゅ！」

「でしゅ?」

アリッサは耳の先まで赤く染めて、眼をきょどきょどさせる。

「……あ、あああのあのその、ふ、服を着替えてきますっ」

「え、あ、うん……」

たっ……とアリッサが駆け出す。

「……少し時間かかりますので、お家の中自由に見てくださいっ」

そう言ってアリッサがリビングから出て行った。

うーんどうしたのだろう、急に顔を赤くして……?

「僕何か失礼なこと言っちゃったかな?」

純粋に曲を褒《ほ》めたつもりだったんだけどな。

お世辞って思われちゃったのかな。

「けど……どうしよう。暇だなぁ」

家の中を見て良いって言われたし、見て回る?

いやでも相手は年頃《としごろ》の女の子だよ?

勝手に部屋の中あちこち詮索《せんさく》されたら嫌じゃない?

でも……歌手のお家なんて、もう今後入る機会なんてないだろうし……。

「ちょっとだけ、見させてもらおっかな。小説に使える……かもだし」

リビングを出ると長い廊下があった。壁にはいくつも部屋が並んでいる。
一つだけドアの開いている部屋があった。
気になって中を見ると、そこはすごい部屋だった。
防音室っていうのかな。天井《てんじょう》や壁全面に防音素材のパネルが敷き詰めてあった。
大きなピアノや各種楽器も並んでいる。
けれどそれ以上に目を引くのは、床一面に広がっている譜面《ふめん》だ。
どれも下書きらしく、鉛筆で書き殴ったものであった。
「曲作るのに、こんなたくさん書いてるんだ……すごい……」
と、そのときだった。
「だっ、だめーーーーーーー！」
ドタバタと足音を立てながら入ってきたのは、やっぱりアリッサだった……。
って、えええ⁉
「あ、アリッサ⁉　なにそのかっこ！」
彼女は……なんとバスタオル一枚だった！
え、風呂入ってたの⁉
な、な、なぁ……⁉　み、見えちゃう！
バスタオル越しにその大きな胸が！

「ユータ様っ。こんな恥ずかしいもの見ないでくださいまし……」

「ご、ごめん！　ぶしつけだったね！　女の子の裸見るなんて！」

僕に指摘されて、ぽかん……とアリッサが口を開く。

あれ、裸見られたから怒ってたんじゃないの……？

ぱさり、とちょうどそのタイミングで、バスタオルが……ああ⁉

「「え……？」」

……バスタオルが落ちて、目の前にはアリッサの生の裸があった。

……僕は彼女の体に目線が釘付《くぎづ》けになってしまう。

白く滑らかな肌がみるみるうちに赤く染まっていく。

体から胸、そして首まで真っ赤になっていった……。

ぺたん、と彼女がその場に尻餅《しりもち》をつく。

「…………………お、お見苦しいものを」

か細い声で、彼女がつぶやく。

そこで僕はやっと動けるようになった。

「ご、ごめん……！　すぐ出てくから！」

僕は慌てて創作部屋を出る。

「はぁ～～～…………びっくりした」

彼女の美の権化とも言える姿が、脳裏《のうり》にこびりついて離れない。

いやほんと……めっちゃきれいだった……って、ああ！　僕は何を考えてるんだ！

しばし僕は悶々《もんもん》とする。だがふと思う。

「……でも、見られていやだったのが裸じゃないなら、何を恥ずかしがってたんだろう？」

◆

偶然風呂上がりの彼女を見てしまった……数分後、リビングにて。

「本当に、申し訳ございません……」

薄手のシャツとスカートを着た彼女が、真っ赤になってうつむいている……。

お、大きかったな……生で見た胸……って、何を意識してるんだ僕はー！

「……この醜《みにく》い体でお目を汚してしまったこと、本当に申し訳なく思います……」

「な、そんなことないよ！　すごい……きれい……だったよ！」

くわぁああっ、何を言ってるんだろ僕はぁ！

でも、きれいだったのは事実だし……。

アリッサは顔を極限まで赤くする。

「……おやめください。恥ずかしい、です」

美人だし、褒められ慣れてると思ったんだけど、そうでもないらしい。

「あ、えと……うん……ごめん……」

それきり僕らは黙ってしまう。

気まずい……！　何か話題を……そうだ！

「ね、ねえアリッサ。その、さっきの部屋なんだけど……」

びくんっ、と彼女が体をこわばらせる。

「あれって……新曲？」

「……はい。デジマス二期のオープニング曲です」

「二期の⁉　早くない⁉」

この春、二期制作が発表されたばっかりだったと思う。

時期はまだ未定だって話だし、準備するにしても早すぎるんじゃないかな？

「……わたしの場合、一曲作るのにもかなり時間かかるので」

「そうなんだ。もしかして一期や映画のときも？」

こくりとアリッサがうなずく。

床に散らばった譜面を思い出す。

あれだけたくさん、書いては捨ててを繰り返して、曲が作られてきたんだ。

「すごいね、プロの歌手って。ひとつの仕事にとことん手間をかけるんだね」

「……ええ。曲は作品に添える花の一つ。時間をかけて良い物を作りたいんです」

アリッサに連れられて、僕らはさっきの部屋に行く。

ピアノの前に座って、彼女は曲を奏《かな》でる。白く長い指が鍵盤を流麗に叩《たた》く。

その動きに思わず見入り、そして奏でられる曲に聴き入る。

すごい。浮かんでくる。デジマスの世界が……！

やがてアリッサは手を止める。

「すごいよ！　メッチャ良いじゃん！」

「……ありがとうございます。あなたに褒めてもらえたことが、一番うれしいです。でも……」

しゅん、とアリッサが肩を落とす。

「……歌詞が上手《うま》く思い浮かばなくて、困ってます」

アリッサが空の譜面を手に取ってまた書き出す。

けれど手を止めて、はぁ……とため息をついた。

なるほど、書き損じはこうやってできていったんだね。

「でも……どうして、そこまで一生懸命なの？」

「……ユータ様の作品を、わたしはお借りしている立場です。だから、あなたの作り出す最高に素晴らしい作品に泥を塗らないように、良い物を作りたいんです。デジマスを好きな人が……なにより、作者《あなた》が喜んでくれるように」

僕のために、ここまでやってくれていたなんて……。

僕は、バカだ。曲に対して良い曲だなくらいしか思わなかったんだから。

そこにどれだけの情熱が注《そそ》がれているか、想像できてなかった。

曲に思いを込めてくれる彼女のために、僕は何ができるだろう……？

「あのさ、アリッサ。その……僕、手伝おうか？　曲作り」

「えっ……⁉　い、いいのですか⁉」

「うん。僕も力になりたいよ」

まあ何ができるか、わからないけど。

ボロボロとアリッサが涙を流す。

「……ごめんなさい。まさか協力してくれるなんて、思ってもいなくって……つい……」

アリッサは感極《かんきわ》まったように、じわりと目に涙をためる。

立ち上がると、僕を正面から抱きしめてきた。

「うう……ぐす……ありがとう……ございます……」

強く強く抱擁される。

甘い匂《にお》いにくらくらして、倒れそうになった。

でもうれしそうに涙を流す彼女を見ていると、突き放すことはできなかった。

ややあって夜。僕は来たときと同じく、リムジンに乗っていた。

「……ありがとうございます。ユータ様。おかげで曲の完成に凄く近づきました」

正面に座っているアリッサが微笑んで言う。

あのあと、僕らは作詞の作業をした。

と言っても、彼女がデジマスに対する質問をしてきて、僕が答えるみたいな形式だった。

キャラに込めた思いや、ストーリーの意図を話した。

そこからアリッサはメロディに合う歌詞を作っていったのだ。

ときたま、この歌詞はどうと聞かれて、こういうほうが良いんじゃないと答えた。

「……今日中に完成させたかったのですが」

すっかり日が暮れて、夜になってしまっている。

「ごめん、学校があるから明日も」

「……泊まっていっても、よかったのに」

「い、いやさすがにそれはちょっと……」

若い女の子と一つ屋根の下。

しかも相手は超美人……！　そんなの無理すぎる！

意識しちゃうよ、だってアリッサはとても美人だし、スタイルも抜群だし……。

「……良いんですよ。ユータ様になら、わたしのすべてを捧《ささ》げても」

彼女が僕の隣に座って、腕を抱いてくる。

胸に……！　おっぱいに腕がはさまる！

や、やわらけえ……じゃなくって！

「あの……さ。その……アリッサ。できれば……もっと普通に接してほしいんだ」

「……普通、ですか？」

「うん、様づけとか神って呼ぶのやめてよ。僕らは同じ作品を作ってく……戦友じゃない？」

僕らの間に上下関係なんてない。

彼女も僕も同じほうを見て、同じ目的のために力を尽くしているから。

「……でも、ユータ様はリスペクトできる最高のクリエイターですし……」

「僕もアリッサを尊敬してる。それでおあいこじゃない？」

きょとん、とアリッサが目を点にする。

だがフッ……と微笑んだ。

「……わかりました。では……ユータさん」

彼女がにこやかに微笑んで、頭を下げる。

「……これからも、一緒に頑張りましょう」

「うん、頑張ろう！」

やがて僕の家の前にリムジンが停まる。

「……では、ユータさん。また」

「うんっ、また今度！」

彼女もリムジンから降りて、近づいてくる。

にこやかに笑うと、僕の頬《はお》を手で包んで、額にキスをしていた。

「……おやすみなさい♡」

◆

勇太が歌手のアリッサと遊んだ、その日の夜。

幼馴染《おさななじみ》のみちるはベッドの上で横になり、先ほどのことを思い出していた。

スマホには先ほど更新されたデジマス最新話が表示されている。

今回もとても面白《おもしろ》い内容だった。

気になったのは、あとがきだ。

『更新頻度《ひんど》、今日からもうちょっとアップします』

カミマツがネットに小説をアップロードする頻度は、一日に一回くらいだ。

書籍発売時期が近づくともう少しペースが速まる。

最新刊が発売されたばかりの今は、本来通常ペースでの更新となるはず。

いつもならば更新頻度が上がったことを喜ぶだろう。

だが……素直に喜べない理由があった。
「………」
今度はツイッターを開く。
カミマツは小説をアップするとツイッターで宣伝する。
リプライになぜ更新頻度が上がるのかと、読者が書いていた。
『尊敬できるクリエイターの方と会ったんです。がんばらなくっちゃって思って！』
とカミマツが返事を書いていた。
みちるは知っている。
今日の放課後、勇太がリムジンに乗ってどこかへ行ったことを。
そのとき、見てしまった。
リムジンに乗っていたのはアリッサ・洗馬だった。
もしこの尊敬できるクリエイターが、アリッサだとしたら……。
「……違う、違う！　こんなの……ぐ、偶然よ！」
ばたばた、とみちるがバタ足していたそのときだ。
ぴんぽーん……。
「なっ⁉　みぎゃっ！」
驚いたみちるは体勢を崩し、ベッドからどしんと落ちてしまった。

「あいたた……誰《だれ》よこんな時間にっ」

郵便だろうか？　そう思いながら玄関へと向かう。

がちゃりとドアを開けると、そこには勇太がいた。

「な、なによ？」

「あ、みちる。夜遅くにごめん。渡したいものあってさ」

がさ、と勇太が紙袋を渡してくる。

「これ贄川《にえかわ》さんがみちるにって」

「ニエカワさん？」

「ほら、放課後あったでしょ、黒服の、ターミネーターみたいな人」

サングラスをかけたこわもての男と会ったことを思い出す。

どうやらお詫《わ》びの品であるらしい。

「怖がらせてごめんなさいだってさ」

「べ、別に怖がってなんかないし！」

そうはいっても、あのとき勇太の腕にとっさに捕まっていた。

幼い頃からのくせで、何かあったとき勇太の陰に隠れてしまうのだ。

「中身なんだったの？」

「えっと……ええ⁉　お茶、しかも玉露じゃないのよ！」

高級お茶の詰め合わせセットが入っていた。

なんだか申し訳ない気持ちになる。

「何かお返しとかしたほうがいいかしらね？」

「うーん、でもお詫びの品なんだし、別にいいんじゃない？」

「あ、そっか……」

何を普通に会話しているのだろうか。

勇太からはカミマツ様をバカにされ、憤りを覚えていたはず。

だがいつの間にか彼に対する怒りは薄れていた。

彼がカミマツ様かもしれないからか、あるいは他の要因があるからか。

なにはともあれ、彼への疑念を晴らすことが最優先事項だ。

「……ねえ、勇太。ちょっとうち寄ってかない？　お茶、出すわよ」

みちるの誘いに勇太は首肯する。

彼を連れてリビングへと向かう。

椅子に座る彼にお茶を淹《い》れて出す。

「ところで、さ。明日ってどこか出かける？」

みちるは現在、勇太の動向を観察中だ。

行き先は知っておいたほうが追跡しやすい。

「うん。川崎《かわさき》に買い物」

「ひとりで？」

「ううん、友達と」

もや……という黒い思いが胸の中にわだかまる。

「ふーん、あっそう」

なによ、勇太のくせに、生意気だ。みちるはずず、と乱暴にお茶をすする。

「どうしたの？」

「べ・つ・に！」

「怒ってる？」

「怒ってる！」

ついさっきまで、精神状態は安定していたはずだ。

だが気づけば貧乏ゆすりをしていた。イラついている？

まさか。なんで？　勇太が自分の知らない子とどこかへ出かけようとしているから？

あり得ない、なんだそれは？　まるで、恋する乙女のようではないか。

違う！　とみちるが首を強く横に振る。

「なんかみちる、ここ最近変だよ？」

「生まれたときからずっとこんな感じよ」

「そうかなぁ」

「そうよ。それで、明日は何時に川崎に行くの？」

勇太から色々と聞き出して、この日は解散となった。

明日も勇太の後をつけるつもりである。まだ、カミマツ様本人だという確証がないから。

◆

土曜日、僕は電車に乗って川崎までやってきていた。

改札前の時計の下で待っていると、改札を抜けて、美少女がこちらに駆け寄ってきたのだ。

「おーい！　勇太くーん！　おまたせー！」

「由梨恵。おはよ」

声優の駒ヶ根《こまがね》由梨恵が、笑顔で近づいてくる。

薄手のベストにホットパンツ。

ハンティング帽にメガネ、とボーイッシュな格好だ。

「ごめんね、勇太くん。待った？」

「ううん。今来たとこ」

午前一〇時。予定時刻ぴったりだ。

さてなんで由梨恵と僕がここにいるのか？　先日、アリッサの家から帰る途中。
『勇太くん！　この間アリッサさんとデートしたって本当？』
ラインで由梨恵が、そんなことを聞いてきたのだ。
連絡先を交換してから、由梨恵とは頻繁に会話している。
暇を見つけてはどうでも良い話をしてるのだが。
『……いや、アリッサの家に遊びに行っただけだけど……』
『それを世間一般でデートというのです！　やっぱり本当だったんだっ』
どこで仕入れたんだろう、その情報？
『勇太くん……私ともお出かけしましょう！』
で、今に至る次第だ。
僕らは隣県にある大きなショッピングモールへとやってきた。
「さぁ、いこっかっ♡」
由梨恵は凄くナチュラルに僕の手をとって、一緒に歩き出す。
きょ、距離感が……！　近い！
「？　どうしたの？」
「あ、い、いやその……慣れてなくてこういうの？」
由梨恵はごく自然に僕の手を取ってきたけど……もしかして慣れてるのかな？

「ご安心を！　男の子とデートするのは、勇太くんが初めてだから♡」

「そ、そうなの……？」

僕らはショッピングモールへ向かう。

「慣れてるのはほら、お兄ちゃんと出かけるからね」

「へぇ、お兄さんいるんだ」

「うんっ。結構かっこいいんだよ～。まあ、ちょぉっと風変わりなんだけどねぇ」

そんなふうに他愛《たあい》ない話をしながら、僕たちは映画館へとやってきた。

正直デートなんて生まれて初めてで、どうすればいいのかわからなかった。

ネット検索したら、とりあえず映画館がおすすめ。会話が続かなくてもいいから、という
アドバイスが出てきたので、従うことにしたのだ。

「どの映画観《み》よっか？」

由梨恵ってどんなのが好きなんだろう……？

大人びてるし、恋愛の物語的なものだろうか。

「私……これ観たいんだ！」

「どれどれ……って、え？　これ？」

「うん、それ」

「でも……これって……」

由梨恵が指さす先には、大きなポスターが貼《は》ってあった。

町中に、そして僕の家にも貼ってあるポスターだ。

「デジマス……だよね？　いいの？」

「もちろん！　デジマスの映画は何度観ても面白いから！」

由梨恵は主人公リョウの声を当ててるんだから、観るも何も内容なんて把握済みだろうに。

「ダメかな？」

「いや、由梨恵がいいなら」

「ほんとっ？　やった♡　じゃあチケット買ってくるね～」

「あ、僕が……！　って、行っちゃった」

由梨恵はテキパキとチケットと飲み物とポップコーンを買って、僕の元へやってきた。

「はい飲み物とポップコーン！」

「あ、ありがとう……あ、お金」

「いいよ！　私の観たい映画に付き合わせちゃったし。ほら行こう！」

由梨恵が僕の手を引いて劇場に入る。由梨恵って、すごい距離が近いよなぁ。

僕なんかの陰キャの手を嫌がらず触ってくれる……優しい……。

真ん中の席に僕らは座る。

「そんな大きなポップコーン……食べれるの？」

由梨恵が膝《ひざ》に載せているのは、バケツと見まがうサイズの巨大ポップコーンだ。

お盆にはチュロスとホットドッグが一緒に載っている。

「うん。よゆーです！」

そんなこんなしてると映画が始まる。

デジマス劇場版・天空無限闘技場編。

主人公リョウが仲間たちと一緒に天空にある無限闘技場に行った際のエピソードだ。

そこで後に彼の心の支えとなる氷室《ひむろ》レイと出会う。

だがレイは敵との激闘の末に、主人公を庇《かば》って命を落とすのだ。

「ぐしゅ……ふぐ……ぐぅ……」

レイが死ぬシーンにさしかかると、劇場のあちこちからすすり泣く音がする。

僕はもう何度も見たし、あまりなんとも思わない。

「うぐうぅう……ふぐぅうう……うぅう～……」

しかし隣でヤケに泣いてる人いるな。

誰だろう……？

「レイさぁーん……ぐしゅん……」

由梨恵だった。ボロボロに泣いていた。演技とかじゃなくて、ガチ泣きだった。

ややあって映画が終わり、電気がつく。

——パチパチパチパチパチパチ！

「えっ？　なになに？」

突如として、映画館にいた人たちが拍手しだしたのだ！

「ねえ由梨恵、これなに……って、ええ⁉　君まで⁉」

涙を流しながら、笑顔で由梨恵が拍手をしている。

な、なんじゃこりゃあ！

ほどなくして拍手がやみ、みんな映画館を出て行く。

「最高だったねデジマス！」「やっぱ作者のカミマツ様は天才だ！」「こんな感動を生み出す最高のクリエイターだよね！　さすがカミマツ様！」

みんな思い思いに感想を口にしながら出て行く。

僕と由梨恵も外に出る。

そのまま僕らはショッピングモール内の喫茶店《きっさてん》に入った。

「勇太くんごめんね。急にでびっくりしたでしょ？」

「さっきの拍手なんだったの？」

「ファンが拍手してたんだと思うよ。素晴らしい映画に」

急に拍手しだしたからなんだと思った。

「デジマス映画が最高だから、みんな知らずに賞賛の拍手しちゃうんだよねー」

「僕だけの力じゃないよ。映画を作ってくれた人たちみんなの力。もちろん由梨恵もね」

「あはは！　ありがとう！」

晴れやかな笑顔を浮かべながら、由梨恵がタピオカミルクティーを飲み始める。

彼女は変装なのか、黒縁の大きなメガネにハンティング帽をかぶっている。

長い髪の毛をアップにして帽子の中に入れていた。

変装していたとしても、彼女の美しさは全くそこなわれない。

凄《すさ》まじい美貌《びぼう》に超絶演技力。

超人気ＪＫ声優はダテじゃあないんだなぁ。

……てゆーか、そんな有名人と陰キャな僕って、思い切り釣り合わないよね。

「どうしたの？」

「あ、いや……なんかごめん。僕なんかがデート相手で」

「勇太くん。そんな自分を卑下しちゃだめだよ」

「でも……由梨恵と比べたら僕なんてミジンコみたいなもんだし」

すると由梨恵が手を伸ばしてきて、僕の唇をキュッとつまむ。

「ふぁ、ふぁに……？」

「ネガティブ発言、禁止！」

ぱっ……と彼女がすぐに手を離す。

び、びっくりした……。

「そんなふうに自分をダメなヤツだーって言ってたら、本当にダメになっちゃうよ。知ってる？　口から出た言葉って、本当になるんだから」

言霊《ことだま》ってヤツかな？

「笑って！　俺《おれ》はカミマツ！　五〇〇億円を稼いだ、できるやつだ！　くらい自信持って！」

急に自分を変えることなんてできない。

けど彼女の明るい笑顔を見ていると……さっきまで落ち込んでいた気分が上向きになる。

ガタっ……！　バシャっ……！

「ん？　なんだろう……？」

「誰かが飲み物こぼしたみたいだね」

僕は背後を振り返る。

マスクとサングラスをした女の子と目が合った。

走り去ろうとする彼女に、僕は背後から声をかける。

「みちる！」

びくんっ！　とサングラスをかけた女子が立ち止まる。

「みちるでしょ？」

「……チガイマス。ヒトチガイデース」

なぜエセ外国人風？

僕は落ちてるそれを拾って、みちるに渡す。

「スマホ、落としたよ」

「あ……」

サングラス越しにみちるが目を丸くしていた。

と、そこへ由梨恵が追いかけてくる。

「おーい、どうしたの、勇太くん。……と、誰？」

こてんと首をかしげる由梨恵に、僕が紹介する。

「僕の幼馴染。大桑《おおくわ》みちるだよ」

「へー！　勇太くんの幼馴染か～」

由梨恵は目を輝かせると、僕たちのもとへやってくる。

ニコッと笑って由梨恵が言う。

「初めまして、駒ヶ根由梨恵です。勇太くんの友達です♡」

「ど、どうも……」

もにょもにょ、とみちるが口ごもる。

みちるは結構人見知りするところがあるからな。

一方で由梨恵は花が咲いたような笑みを浮かべると、みちるに提案する。

「ね、よかったらみちるちゃんも、一緒にお昼ごはん食べない？」

「うえ⁉　い、いいわよ……アタシは別に……」

「勇太くんの小さい頃の話とか聞きたいし、お願い！　ね？」

たじろぐみちるだったが、まじめな顔つきになって言う。

「いいわよ。ちょうどあんたにも……聞きたいいこと、あるしね」

◆

勇太の尾行をしていた大桑みちるだったが、彼に正体がバレてしまった。

最大のピンチかと思ったのだが、逆にチャンスでもあった。

（この女から情報を引き出してやるわ。勇太が、カミマツ様かどうかって）

由梨恵はカミマツ様の作品デジマスの主演。

ということは原作者の顔を知っている可能性がある。

ならば由梨恵から有用な情報が聞けるのではないか、と思ったのだ。

（……それにしても、勇太のやつ。なんで変装してるアタシに気づいたのかしら？）

厚手の服を着て体のラインが見えないようにしていた。髪型も変えてたし、サングラスにマスクと、変装は完璧だったはずなのだ。

バレるわけがないというのに、なぜ……？

「二人ともお待たせー」

彼らがいるのはショッピングモール内の喫茶店だ。

勇太が人数分のコーヒーとサンドイッチを買ってきた。

「わぁ！　勇太くんありがとうっ！」

素直にお礼する由梨恵。アイドル声優というだけあって笑顔がまぶしい。

「いえいえどういたしまして」

勇太がにこやかに笑ってる。

「…………」

もやぁ……とまた黒いもやのようなものが、心の中にある気がした。

みちるは不思議に思って自分の胸に手を当てる。なんだこの感情は？

「あ、みちるはエビアボカドのサンドイッチとカフェオレ、甘いの抜きだよね」

「えっ？　な、なんでアタシの好物を……」

「？　そりゃ知ってるよ、幼馴染だもん」

勇太が不思議そうに首をかしげている。

みちるはそれを見てむかついた。なんだその得意げな顔は。

幼馴染の好物を知っていたくらいでなに？　彼氏でも気取っているのだろうか。

げしっ！　とみちるは気づけば彼の足を蹴《け》っていた。

「いいなぁ～」

由梨恵が羨ましそうにみちるたちを見ている。

「勇太くんと相思相愛みたいなその感じ、うらやましい」

「なっ⁉」

みちるは顔を真っ赤にして声を荒らげる。

「ち、違うわよ！　誰がこんなのとぉ！　ただの幼馴染よ！」

「そうだよ由梨恵。僕とみちるは……いってぇ！」

気づけばみちるは、勇太の足を踏みつけていた。

「な、なにすんのさ……」

「う、うるさいわね！　口答えすんじゃないわよ」

「ええー……んもー、相変わらずだなぁ」

勇太がにこにこと微笑んでいる。由梨恵は今も羨ましそうに指をくわえて見ていた。

ふふん、とみちるは得意げに鼻を鳴らす。

……いや、待て。ちょっと待て、何を得意になっているの？

わからないが、なんだかさっきから様子が変だ。

みちるは自分の情緒をコントロールできてない。

「勇太くんとみちるちゃんは幼馴染なんだよね、いつからの付き合いなの？」

「生まれたときからだよ。同じ病院で生まれて、家も近所だし」

「へえ！　すごぉい！　ねえねえみちるちゃん！」

ぐいぐい、と顔を近づけてくる。やたらと距離近いなこいつ……とみちるは引き気味になる。

さすがアイドル、距離の詰め方が手馴《てな》れてる。

「そんな昔から一緒なら、恋心の一つも芽生えなかったのー？」

目を輝かせる由梨恵。どうやらコイバナをしたいのだろう。

さすがきらきら女子、とみちるはため息をつく。

「なーいない。だってこいつ陰キャだし地味だし」

「えー、そうかなぁ？　誠実そうで、よくない？　少なくとも私は好きだなぁ」

もやもや、とまた胸の中で違和感を覚える。

「あ、あはは……由梨恵。ありがと、お世辞でもうれしいよ」

「んもー、お世辞じゃないよ～。私、本当に勇太くんのこと好きだよ」

……なぜだろう。

まんざらでもなさそうにしてる勇太を見ていると、妙にそわそわしてしまう。

焦燥感？　なにを焦《あせ》っているというのだ？

まさか勇太がこの女に取られるのを危惧《きぐ》してる？　まさか、あり得ない、あり得ない……。

「ゆ、勇太。アイドルの好きを簡単に信じてるんじゃないわよ」

「え？　どーゆーこと？」

「ふん。ばかね。アイドルは男に好かれてなんぼ。他の男にも同じような好き好き言ってるに決まってるじゃない？」

そうだ、きっとそうに違いない。

アイドルがわざわざこんな陰キャオタを好きになるわけがないのだ。

「言ってないよっ」

由梨恵は大きな声で、強く否定する。

その瞳には焦りが見て取れた。

「私、そんな見境なく好き好き言わない。本当に好きな人にしか、言わないもの……」

本気で、彼に誤解しないでほしそうだった。

みちるは驚愕した。由梨恵は超人気アイドル声優だ。

それが勇太なんかに、こんなにも強く、好意を抱《いだ》いている。

勇太が一般人だったらあり得ない反応。

だがこれがもし、勇太がカミマツ様だったらどうだろう？

この本気のリアクションにも説得力が生まれる。

「……勇太。ちょっと向こう行ってて」

「え？　いいけど、なんで？」

「いいから。女同士、秘密のおしゃべりってやつよ」

勇太は戸惑いながらもうなずき、席を離れていく。

彼が十分離れたところで、みちるは由梨恵に尋ねる。

「あんたさ、ガチなの？　ほんとにあいつのこと好きなん？」

由梨恵はみちるを見て、こくんとうなずく。

……その瞳は恋する乙女のそれだった。

「あいつなんてたいしたことない、ただの陰キャよ？」

すると由梨恵は首を強く振る。

「そんなことない！　勇太くんは凄い人だよ！」

強く否定している由梨恵に、みちるはさらに探りを入れる。

「へえ、どう凄いって言うの？」

「だって、こんなにもたくさんのひとを、感動するお話を書けるんだもん！　凄いことだよ！」

由梨恵の言葉に、みちるは耳を疑った。

「感動する、お話？」

「映画もアニメも、たっくさんの人が見てくれたし、今日だってお客さん大勢泣いてたもん！」

由梨恵は決定打となる一言を言う。

「デジマスを生み出した、勇太くんは最高の作家だよ！」

……がつん、と頭に衝撃を受けた。

由梨恵の放った言葉は、どう考えてもカミマツと勇太を結びつけるものだった。

嘘《うそ》だ、と否定しようとする。

だが昨日アリッサと勇太が会っていたこと、そして……昨日のツイート。

それに加えて、今の由梨恵の発言……。

「そん……な……」

「みちるちゃん？」

ふらふらとみちるは立ち上がって、その場を後にする。

由梨恵が後ろから声をかけてきたけど、みちるの耳には入ってこなかった。

「あり得ない……」

しかし、由梨恵が嘘をつく理由がない。そもそもアイドル声優と単なる一般オタク男子がこうしてデートしている時点で、あり得ないことだった。

ピースがそろった、否《いな》、そろいすぎてしまった。

衝撃が大きすぎて、みちるの意識はどこかへと飛んで行ってしまったのだった。

◆

みちるは、気づいたらどこかへ行ってしまっていた。
気になったけど、用事があったんだろう。
その後、僕は由梨恵とふたりでショッピングモールを見て回った。
特に買いたい物はないけど、服を見たり、本を見たりする。
「わっ、デジマスのコミック最新刊を売ってるよ！　ちょっと買ってくるねー！」
本屋にて、由梨恵は凄い速さでマンガを手に持って、レジのほうへ行ってしまった。
僕は暇だったので雑誌コーナーを見て回る。
声優を特集した雑誌があった。
「わっ。すごい。表紙に由梨恵の写真が……」
今一番人気のあるアイドル声優！　とうたい文句が書いてある。
本当に凄い人気があるんだなぁ……。
「でも、ほんと、なんというか……普通の子って感じするよね」
由梨恵は別に自分の容姿を自慢していない。
過剰に自分の実績をひけらかさない。
なんというか……良い意味で普通の子って感じ。
まあコミュ力は最強だし、見た目も抜群だけど……。

「というか、なんか遅いな……どうしたんだろう？」

由梨恵がなかなか帰ってこない。

どうしたのだろうか、と思って捜していると、彼女をすぐに見つけた。

泣きじゃくる子供の前で、由梨恵がしゃがみ込んでいる。

「おかーさーん！　おかーさーん！」

「迷子……だよね。どう見ても」

僕が声をかけようとする、その前に。

「【大丈夫！　お母さんは、すぐに見つかるさ！】」

……それは、とても聞き覚えのある声だった。

「……リョウ？」

由梨恵が演じる、デジマスの主人公リョウの声だ。

「【泣いてちゃダメだ！　幸せの女神様は泣き虫が大嫌いなんだぜ！】」

彼女はお忍びだというのに、仕事でもないのに、リョウの声を演じている。

それは泣いている子供を励ますため、ただそれだけに、演技している。

事実、リョウの声を聞いた迷子の子は、笑顔になるとうなずく。

「わかった、なかない！」

「【おう！　じゃ、一緒にお母さん捜そうか！】」

由梨恵が迷子の手を引いて、立ち上がる。

「ちょっと待っててくれない？　この子のお母さん捜してあげないと」

「一緒に捜そうよ！」

由梨恵は目を丸くする。

だけど、フッ……と笑ってうなずく。

その後、本屋の中を捜して回ると、すぐに母親を発見できた。

「ありがとうございます！　なんとお礼を言って良いやら……」

「おかーさん！　あのお姉ちゃん……リョウだったよー！」

迷子の少年が笑顔で、由梨恵を指さす。

彼女はウインクして言う。

「【もう泣いちゃダメだぜ？　おれとの約束だ】」

またもリョウの声でそう言うと、少年はうれしそうにうなずく。

と、そのときだった。

周りに居た人たちが興奮気味に由梨恵を指さして言う。

「今の声……やっぱり……ゆりたんじゃね？」

「そ、そうだよ！　ゆりたんだ！」「うそっ！　デジマス声優のっ？」

ざわざわ……と周囲がざわついてくる。

「あちゃー……さすがに気づいちゃったか～」

由梨恵が困ったように頭をかく。

人の多い場所でリョウの声を演じれば、変装していても気づかれちゃうよね。

「こうなったら……逃げろー！」

由梨恵が僕の手を引いて走って行く。

僕は彼女とともにその場から離脱する。

「ばいばーい！　おねーちゃーん！」

由梨恵は子供に向かって大きく手を振る。どんなときでも、サービス精神は忘れない。

プロの役者なんだなぁって思った。

その後ひたすら走って僕らはショッピングモールから離脱する。

夕暮れの駅前のバスロータリーにて。

「いやぁ～……あちあち。走ったね～」

「ぜえ……はぁ……う、うん……」

汗だくになっている由梨恵は、夕日に照らされてキラキラしていた。

「ん？　どうしたの？」

「あ、いや……その、き、きれいだなって」

「あははっ。ありがとうっ！」

僕らはバス停の前の椅子に座る。

彼女はバスに乗って帰るらしい。

「今日は楽しかったぁ！　ありがとね！　付き合ってくれて！」

「こちらこそ。僕も普通に楽しかったよ」

なんだか、一日がとても早く感じた。そう、普通に楽しかったのだ。

「あのね……勇太くん。怒ってない？」

「え、怒ってる？　なにに？」

「強引にデートに誘ったこと。ごめんね……なんだか、アリッサさんと君が仲良くしてるって聞いたら……いてもたってもいられなくて……」

ああ、この子は優しい子なんだなぁ。

さっきの迷子の少年に対してもそうだ。

仕事じゃないのに、声優としての技能を使って、迷子の子をはげましていた。

そう言う気遣いのできる、普通の女の子なんだ。

「怒ってないよ。すっごく楽しかった！　また一緒に遊ぼうよ！」

自然に、僕の口からそんな言葉が出た。

もっと彼女と一緒に遊びたい。

普通の友達として。

ぱぁ……！　と由梨恵が笑顔になる。

「うんっ！」

◆

一方、みちるはショッピングモールのベンチで一人、放心していた。

ぴこん、とみちるのスマホに通知が入る。

フォローしているカミマツが、ツイートをしたのだ。

『今日は友達と川崎のショッピングモールで遊んできました！　すっごく楽しかったー！』

勇太たちがデートしたのは、川崎のショッピングモール。

……もはや、疑う余地もない。

「……勇太が、カミマツ様だ」

彼の動向を探ると決めてから今日まで、ずっと彼を見続けた。

すると多くの、カミマツ＝勇太説を裏付ける証拠が出てきた。

家族との会話、ツイート内容と彼の行動の一致……ｅｔｃ……。

そして……極《きわ》めつけは、由梨恵の発言。

「そんな……勇太が、本当に……カミマツ……様……だなんて……」

声が震える。思い出されるのは、先週の初め。

告白してきた幼馴染を、勇太を振ってしまったこと。

「ああ……！ なんてバカなことを！ なんて、もったいないことをッ！」

……かくして、大桑みちるは幼馴染の正体を知ってしまった。

勇太をバカにしていた彼女は、もう居ない。

そこに居るのは、誰よりも神作家カミマツの近くにいたのに、その寵愛《ちょうあい》を自ら逃したバカな女だけだった。

第4章 アタシ…勇太のこと…好きなんだ…

勇太《ゆうた》が神作家カミマツであると確信を得た、その翌朝。

みちるは上松《あげまつ》家の家の前で、勇太が出てくるのを待っていた。

「ゆ、勇太。おはよう」

「あれ、みちる？　どうしたの？」

勇太は幼馴染《おさななじみ》に気づくと、真《ま》っ直《す》ぐに見てきた。

みちるは、かぁ……と頰《ほお》が赤くなるのを感じて、目をそらしてしまう。

「べ、別に……。同じ学校なんだし、一緒に学校行きましょ」

「？　別に良いけど」

隣を勇太が歩いている。みちるはその半歩後ろをついていた。

どうしてしまったのだ……相手は陰キャ高校生。

数日前まで眼中にない相手だった。ハッキリ言って顔はタイプではない。

なのに今日の彼は一段と輝いて見える。

「くわぁ……」

「な、なによあんた……寝不足？」

「うん。まあちょっと。遅くまで作業しててさ」

知っている。カミマツは今日も神エピソードを投稿していた。

おそらく長い時間、必死になって小説を書いていたのだろう。

そう思うと、彼の眠たげな表情も、目の下の隈も、苦労の跡に見えて格好良かった。

……格好良い？　な、何を言っているのだ……？　とみちるは動揺する。

「どうしたの？　顔赤いけど」

勇太が立ち止まり、顔をのぞき込んでくる。

一気に体温が上がってしまった。

ドンッ……！　とみちるは彼を思わず突き飛ばしてしまった。

勇太が尻餅《しりもち》をつく。そこでみちるは正気に戻った。

「ち、近づくんじゃないわよ！」

「ご、ごめん。どうしたんだよいきなり？」

自分でもよくわからなかった。

ただ……勇太が近くに居たことで、体が過剰に反応してしまったのだ。

勇太が心配してみちるのおでこに手を触れてくる。

「熱？　大丈夫？　学校休んだほうが良いんじゃない？」

「よ、よ、余計なお世話よぉおおお！」

みちるは叫びながらその場を去る。

一人になった彼女は自分の胸に手を当てる。

ドッドッドッドッドッ！　と、心臓が高鳴っている。

全力疾走したからだろうか？　しかしそれにしては、甘く胸を締め付けられる。

「なんなの、なんなのよ、もうっ！」

◆

ホームルーム前の学校の教室にて。

みちるは離れた席から勇太のことをジッと見ていた。

彼は腕枕《まくら》をして突っ伏して寝ている。

普段なら気にもとめないその仕草。

だが彼を神作家だと知った後ではなぜか輝いて見えていた。

「おっすー。なにしてるの？」

女友達がみちるに声をかけてきた。

みちるは慌てて、勇太から目線をそらし、何事もなかったかのように振る舞う。

「な、なんでもないわよ……」

「あーん？　どうしたー、好きな男子でもできたのかー？」

「ばっ……!?　す、す、好きじゃないわよあんなやつ……！」

向こうとしては、からかうつもりで言ったはずだった。

しかしこうも過剰に反応してしまえば、好きな人がいますと白状しているようなもの。

「ほー、誰だれ？」

みちるが向いていたほうを友人が見やる。

まずい、視線の先には勇太が……！

「あー、ふーん。なるほど……みちるはああいうのがタイプなんだ……」

「あ、ち、違うから……！」

「否定しなくていいよ。中津川《なかつがわ》くんかっこいーからね」

「は、へ……？　中津川……？」

友人が指さす先にいたのは、クラスで一番のイケメン中津川だ。

本当はその向こうにいる勇太を見ていたのだが、手前の彼を見ていたと勘違いされたらしい。

ホッ……と内心で安堵《あんど》の吐息をつく。

「イケメンで人気者だし、あんたと彼とならお似合いのカップルになれるんじゃないの？」

「あ……そう」

みちるはまるで気のない返事をする。

中津川など眼中になかった。

あまりに気のない返事だったためか、友人が怪訝《けげん》そうな表情で尋ねてくる。

「……みちるさー、もしかしてだけど……上松のこと見てたの？」

ドキッ……！　と心臓が体に悪い跳ね方をする。

一気に体温が上昇して、頭が真っ白になる。

「は、はぁ⁉　な、なんでそうなるのよ！」

「いやだって……中津川くんじゃあないみたいだし……」

リアクションが薄すぎたので、彼に興味がないことがバレてしまったらしい。

「あんな陰キャ好きなの？　みちる？」

「そ、そんなわけないじゃない！　だ、誰《だれ》があんなチビを……！」

それはとっさに口をついた言葉だった。

勇太を見やる。だが……彼は腕を枕にして眠っていた。

聞かれていないことに、ホッとしていた……。

……ホッとしていた？

「だよね、あんなチビで覇気《はき》のないやつと、美人のみちるが釣り合うわけないもん」

友人が言う通り、みちるはなかなかの美少女。

だが美しいと言われてうれしい気持ちよりも、なぜだろうか、腹が立った。

……気づいたら、みちるは苛立ちげに立ち上がっていた。

「どしたん？」

「……トイレっ！」

肩を怒らせながらみちるは出て行く。

振り返るとまだ、勇太はのんきに眠っていた。

ややあって、みちるは女子トイレのなかにいた。

「……はぁ。まいった」

みちるは便座に座ってうつむいていた。

「なんなの。アタシ……変だわ」

思えば朝からおかしかった。

彼を目で追っている自分。触られると体温が上昇する。

彼をバカにされるとイライラする……。

「これじゃ……まるで本当に……」

と、そのときだった。

スマホから通知音が鳴る。勇太からだった。

『大丈夫？　席にいないけど……お腹《なか》でも痛いの？』

気づけば一時間目の授業が始まっているところだった。

『体調悪いなら保健室行ったほうが良いよ?』

そのメッセージを見て、自分の口の端が緩《ゆる》んでいることに気づいた瞬間、彼女は確信を得た。

「アタシ……勇太のこと……好きなんだ……」

遅まきながら気づいたのだ。

彼に優しい言葉をかけられて、喜んでいる自分に。幼馴染への恋心に。

そうだ。いつだって勇太は、自分に優しかった。

いつも自分を気にかけてくれていた。

自分が辛《つら》そうにしていると体調を気遣ってきた。

これは今に始まったことではない、子供のときからずっと。

……思えば彼はとてもいい男だった気がする。

それによく考えれば、彼が自分で正体を明かしたとき、嘘《うそ》をつく理由が特になかった。

なぜもっと彼の話を真剣に聞いてあげなかったのか。なぜ、自分は彼を振ってしまったのか。

「これからどうしよう……」

彼を振った後になってから、彼を好きになってしまった。

しかも愛し、尊敬するカミマツと同一人物……。

もう取り返しがつかない……。

「……待って。本当に取り返しがつかないの……？」

ふと、みちるは気づく。

「まだやり直せるんじゃない……？」

確かにここ数日、勇太はアリッサや由梨恵《ゆりえ》と言った美少女たちとなぜか交流を持っている。

だが、まだ数日の仲だ。

一方でみちると勇太には、一〇年近い積み重ねがある。

家が近所で、幼い頃からずっと一緒に居た。

ポッと出の女たちと比べたら、自分のほうが勇太により想《おも》ってもらっているはず。

「そうよ、まだあいつ、アタシのこと好きなんじゃない……？　チャンスはあるんじゃない？」

……そんな都合のいい話があるわけがない。

だが今のみちるは判断力が低下していた。

恋は盲目だという。

想い出と都合の良い妄想に頭を支配されてるみちるは、早速こんなラインを送った。

『気が変わったわ。あんたと付き合ってあげてもいいわよ』

「よしっ……！」

みちるはこれで、勇太が自分に振り向いてくれると思っていた。

神作家と彼氏が同時に手に入ると思うと、浮かれた気分になる。

勇太が断るはずがない。今まで、みちるのどんなお願いも聞いてくれた彼ならば。

「さぁさっさとオッケーの返事送ってきなさい！」

……そんなふうに浮かれてると、こんな返事が来た。

『元気みたいだね。安心した』

「……え？　こ、これだけ？　告白の返事は？　ねえ！」

だがいくら待ってもメッセージが来なかった。

痺《しび》れを切らして返事を催促する。ほどなくして通知が来た。

「ったく、遅いのよ。さっさとはいって言えばいいのに。どれどれ…………」

『ごめん、付き合うのは無理』

「…………え？」

◆

その日の放課後。みちるは勇太を、学校の屋上に呼び出していた。

勇太は普段通り、みちるに接してくる。

「どうしたの？」

「どうしたの、じゃないわよ。あんた、自分がなんで呼び出されたのかわからないの？」

リアクションの薄さが余計に腹立たしかった。

「ちょっとあんた。なんなの、さっきの？」

「え？　さっきのって……なに？」

とぼけているのかと思って一瞬頭が怒りで真っ白になる。

「あんた、アタシの告白を断ってきたでしょ⁉　あれ、どういうことなのよっ！」

だが一方で勇太は「ああそのこと」と頭をかく。

「だから、メールの通りだよ。みちるの想いには応《こた》えられないってだけ」

「だから！　なんでよ！」

みちるは勇太に近づいて、自分の胸に手を当てて言う。

「このアタシが、付き合ってやるって言ってるのよ？　そこは喜ぶところでしょ！」

「いや……でもごめん。無理なんだ。君の想いに応えることはできない」

ぺこっ、と勇太は頭を下げる。

まさか断られるとは思ってなかった。

どんなときだって勇太は、みちるのお願いを聞いてくれたから。

胸の中に渦《うず》巻く動揺を気合いで抑え込み、みちるはさらに声を荒らげる。

「な、なんでよ……この間は告ってきたくせに！」

「いやそっちこそ、この間断ったのに、なんで今更告ってくるの？」

「そ、それは……じ、事情が変わったのよ！」

事情が変わったのは勇太もみちるも同じだ。

みちるはカミマツ＝勇太と知ったことをきっかけに、好きであることを自覚した。

一方で勇太は手ひどく振られた後、数多くの人たちに折れた心を癒《いや》してもらった。

家族や編集者、そして出会った美少女たちに。

失恋してぽっかり空いた胸の穴は、もうとうに塞《ふさ》がっていた。

勇太の心にはもう、みちるの入る余地がない。ただ、それだけだった。

「とにかく！　勇太！　アタシのものになりなさい！」

「いや、ごめん。今の僕は、君をただの幼馴染以上には見れない」

言葉を重ねても、勇太の意思は変わらないようだ。

その目を見ればわかる。あの日、みちるに告白してきたとき、彼は緊張していた。

みちるに対する明確な恋心が見て取れた。だが今はどうだろう。

緊張もなければ、恋心を感じ取ることもできなかった。

「それじゃ、僕帰るね」

勇太はその場から離れようとする。

その手をみちるは慌てて摑《つか》んだ。この手を放してはいけないと思ったから。

勇太は立ち止まって首をかしげる。

「待って！　手ひどく振ったこと怒ってるの？　そうよね、だから断るのよね⁉」

「え？　いや……別に先週のことはもう良いよ。別に怒ってないし」

「じゃあなんで断るのよぉ……！」

そう言ってなりふり構わず縋《すが》り付くみちるに、勇太は困惑してしまう。

彼はここ最近の彼女の変化を知らない。

彼女が（勇太自身がいくら言っても信じなかった）カミマツ＝勇太である事実を突き止めたことを知らない。勇太への恋心の芽生えを知らない。

勇太から見れば、先週とは真逆の態度を示すみちるが不思議でならなかった。

残酷なことに。

「ねえ⁉　なんで断るの⁉　アタシのこと嫌いになったの⁉」

別にみちるのことが嫌いになったわけではない。

由梨恵やアリッサをはじめとした、新しくできた友達のおかげで、この一週間で勇太はいろんなことを知った。

たくさんの読者が、自分の創った作品を愛してくれていることを知ってしまった。

その想いに応えるためにも、もうみちるだけを見てるわけにはいかなくなったのだ。

「違うよ、嫌いじゃない。でも……ごめん。ほかにやりたいことが、できたから」

一方みちるは、勇太の言葉に決定的な誤解をしてしまう。

勇太は他にやりたいことができたという。それはおそらく方便だ。

本当のところは他に好きな子ができたのだろう。

みちるはその場にへたり込む。

知名度、見た目において、みちるは彼女たちに完全に敗北している。

そんな相手から、勇太の心を取り戻すことは……無理だ。

……みちるは、自分の手から魚がするりと抜け落ちる感覚に陥《おちい》った。

「だ、大丈夫？」

勇太が心配して、手を伸ばしてくる。

みちるはその手をガシッと摑んで引き寄せる。

「なんで……なんでよ！」

みちるは強く彼を引き寄せる。離れていく彼の心を、つなぎとめようと。

「あんた……あんたアタシのものでしょ⁉　昔からずっと！」

それはみちるの肥大した独占欲が生んだセリフだった。

勇太を手放したくない一心で、みちるは彼に訴えかける。

「あんたがアタシを拒んだことなんて一度もないじゃない！　アタシのものなのに！」

生まれたときから勇太はずっとそばにいてくれた。

寂《さび》しいときも苦しいときも、ずっと。

みちるにとって勇太は己《おのれ》の半身のようなものだったのだ。

なくてはならないもの、というニュアンスでみちるは言ったはずだったのだが……。

「僕は……君の所有物じゃない！」

なぜだか勇太は怒りをあらわにした。

いつも穏やかな彼が怒ったことで、みちるは戸惑い……そして怯《おび》えてしまう。

勇太は一瞬申し訳なさそうな顔になるが、けれど険しい表情のままつぶやく。

「……ごめん、無理だから」

勇太はその手を振り払う。みちるは手を伸ばした。

カミマツが……デジマスの作者が……自分から遠ざかっていく。

「お願い！　嫌いにならないで！」

「別に嫌いじゃないよ」

「じゃ、じゃあ……！　もう一度、あのときの告白をやり直しましょ⁉」

だが……勇太は首を振って言う。

「君のこと、嫌いでもないけど好きでもない。だから……ごめん。君とは付き合えない」

気づけば彼女は一人きりになっていた。どうやら勇太は立ち去ったようだ。

ぺたん……とその場に座り込む。

彼女を襲ってきたのは、激しい後悔の念だった。

「あぁあああああああああああ！」

自分はバカすぎた。あのとき、勇太の告白を拒んでしまったことを。

もっと彼を理解しようと思えば、もっと彼と話していれば……もっと……もっと……。

彼が実は凄《すご》い優良物件だと気づけたはずだったのに。

……優良だの物件だのと言ってる時点で、間違っていることに、みちるは気づけていない。

「あのときに！　あのときに戻りたい！　戻して、戻してよぉおお！」

……どれだけ嘆いたところで、もうすべてが遅い。

なぜなら、これは現実で、自分が幼馴染を振ったことは……覆せない事実だからだ。

◆

ある休日のこと。朝。

僕は自分の部屋で、小説を書いていた。

「…………」

思い出されるのは、みちるに告られた日のこと。

ちょっと前なら僕は喜んでオッケーしていたと思う。でも、断ってしまった。

かつて僕の世界はとても狭かった。みちるがすべてだって思ってた。

でも違う。もう僕は狭い世界のなかから飛び出て、広い世界を知ってしまった。

みちるへの思いは、なくなったわけじゃない。ただほかにも大事なものができたってだけ。

幼馴染を嫌うことなんてしないよ。

……でも、アタシのモノになりなさいってのは嫌だな。

僕は所有物なんかじゃない。君の幼馴染じゃないのかい、みちる？

「……ちょっと言い方、きつかったかな」

みちるのひどい態度が気に食わなくて、怒っちゃった。

でも今思うとみちるは昔も今もあんな感じだったし、向こうも冷静じゃなかった。

今度会って謝らないとね。

「ゆーちゃーん、お友達が遊びに来たわよー」

そのとき下の階から、母さんの声がした。パソコンの前から立ち上がって玄関へと向かう。

「「おじゃましますー！」」

アリッサと由梨恵が笑顔で玄関に立っている。

「いらっしゃい」

「うっひょー！　ゆりたーん！　アリッサ様もぉー！　待ってたよぉーん！」

ドタバタと足音を立てながら、僕の父さんが、ふたりを出迎える。

「さぁどうぞ！　上がってください！　狭い家ですみません！」

父さんは重度のオタクだ。超人気歌手と声優がやってきたので、浮かれているんだろうね。

それにしても二人ともさすがだ。

ハイテンションな父《ファン》さんを前に、笑顔を崩していない。

「奥へどうぞ！　たっぷりと秘蔵話を聞かせてください！　おーい母さんお茶ぁ！」

ニコニコと笑いながら、母さんが奥からやってくる。

「ふたりともいらっしゃい。ゆーちゃんの部屋で待っててね、飲み物もっていきますから」

「「ありがとうございます！」」

頭を下げる由梨恵たち。

「なっ⁉　どうして勇太の部屋なんだよぉお！」

「ふたりはゆーちゃんに会いに来たんです。子供の時間を大人が邪魔してどうするんですか」

「ぼくだって超人気声優と歌手と遊びたいよぉ！　ＳＮＳで自慢しまくりたいよー！」

「あなた♡　……お座り」

母さんはノータイムで父さんに腹パンチ。

ごっ……！　と頭から父さんが倒れる。

座るというか倒れ伏したんですが……。

「うるさくしてごめんなさい。邪魔しないので、ゆっくりしていってくださいね♡」

母さんは終始笑顔だった。

それが逆に怖かった……。ふたりともがくがく震えていた……。

「わぁ……！　ここが勇太くんのお部屋なんだね！」

二人を案内した僕の——八畳くらいの部屋を、由梨恵が興味深そうにあちこち見ている。

ベッドに学習机と、実に平凡な作りだ。

ボロボロとアリッサが涙を流している。

「あ、アリッサ？　どうしたの、急に……」

「……ユータさんがここで寝る間を惜しんで読者に素晴らしい物語を作っていると思ったら」

「いや、夜はちゃんと寝てるよ……」

「……規則正しい生活が素晴らしい物を作る創作の基本。さすがユータさん」

この人ちょっと僕を全肯定しすぎじゃないですかね……。

「アリッサさんって変わってるね。勇太くんを神様みたいに扱うんだもの」

「神じゃないよ。僕なんてただの陰キャ高校生だよ」

はぁ……とアリッサは深々とため息をつく。

「……何をおっしゃります。世界に誇る最高のクリエイター。それがユータさんでしょう？」

「いや……だからほんと大したヤツじゃないって……」

「……さすがユータさん。常に謙虚な姿勢を忘れない。大変参考になります。尊敬です」

僕も由梨恵も互いに顔を見合わせて苦笑する。

「……な、何かおかしいのでしょうか？」

「いや、別に」

「アリッサさんって愉快なひとだねぇ」

釈然としてないのか、アリッサが首をかしげる。

「ここが勇太くんのお部屋か～。私、同世代の男の子の部屋って、生まれて初めて入ったよ！」

「へぇ……由梨恵なら、彼氏いてもおかしくないし、入ったことくらいあると思ったけど……」

すると由梨恵はブルブル！　と首を強く振る。

「彼氏もいたことないし、親しい男の子の友達だって……勇太くんが初めてだもん！」

「そ、そうなんだ……」

「そうだよ！　だから……勘違いしないでね！」

由梨恵が必死になって訴えてくる。

なんだろう？

「……もちろん、わたしも、親しい友人はユータさんが初めてですから。ご安心を」

「あ、あはは……光栄だな……」

「……ち、ちなみにあちらの方も、は、初めてですのでご、ご安心をっ」

「どちらの方だよ！　あまり深く聞かないけど……！」

そんなふうに、ふたりの美少女が部屋の中を見て回る。

この間来たときはあんまりゆっくりできなかったからね。

主に父さんのせいで（質問しまくってた）。

と、そのときである。

「ねえねえ勇太くん、これ……見ても良い？」

由梨恵が机の上の本棚に差し込んであった、ノートを手に取る。

表紙には小説ノート、と書かれていた。

「うん、いいよ別に」

「……ユータさん。これはなんですか？」

「小説。僕、小さい頃からノートに物語を書いてたんだ」

「……手書きで小説を書いてるの？」

「前はね。父さんにお古のパソコンをもらうまで、ノートに手で書いてたんだよ」

子供の頃の落書きを見られるようで、ちょっと気恥ずかしかった。

さてノートを持っている由梨恵はというと……。

「へたっくそでしょそれ……って、由梨恵？」

「ぐす……ふぐ……ふぇええ～……」

読み始めて早々に、さめざめと泣き出してしまった。

「え、ど、どうしたの？」

「ごめぇ〜ん……この短編小説……めちゃくちゃ泣けてぇ〜……」

眼を潤ませながら由梨恵が言う。

そのノートに書かれていたのは、昔書いた短編だった。

「……わ、わたしにも読ませてください！」

「ぐしゅん……ちょっと待って……もうちょっとじっくり読みたい……」

「……だめです！　貸しなさい！　今すぐに！」

バッ……！　アリッサが由梨恵からノートを奪い取る。

もの凄い速さで小説を読み始めた。

「ぐすん……すごいよ勇太くん。あの短編、傑作だよ」

「いや大げさだよ。小学校のときに、暇な時間利用して書いただけの……未熟な小説だよ？」

「そんなことないよ！　デジマスに匹敵《ひってき》する……最高の作品だよ！」

眼をキラキラさせてた由梨恵が熱っぽく言う。

お世辞だったとしてもうれしい。

「すごい……こんな傑作、子供の頃から作れるなんて……」

「……ぐす、ふっ、うぐ……ぐすん……」

アリッサまで泣き出したー！

え、そんなに？　そんなに凄いのこれ？

「……ユータさん。お見事でした。これ……ぐす……最高でした」

ノートを胸に抱《だ》いて、アリッサが目を閉じる。

「……こんなにも見事な短編、初めて読みました」

「あ、ありがと……」

「ちょっとアリッサさん！　もう一回読ませてよそれ！」

由梨恵がアリッサからノートを奪おうとする。

だがアリッサはギュッ、と強く抱きしめる。

「……ダメです。あと一〇回は読ませてもらわないと」

「私だってもっと読みたいもん！　順番！」

「……いやです」

そんなふうに取り合うふたりを見て、僕がとっさにこう言った。

「あ、じゃあちょっと待ってて。もう一回書くから」

「「へ……？」」

僕はノートパソコンを立ち上げる。

「勇太くん……もう一回書くって？」

「だから、その短編。ノートはアリッサが持っているから、ワードに今から全部書くよ」

くわっ、と由梨恵もアリッサも目を見開く。

「……まさかユータさん。昔書いた小説の内容を、覚えているのですか？」

「うん。え、これくらい普通でしょ？」

小説書きなら、自分の書いた文章くらい全部暗記してるよね？

「ま、まさか……勇太くん。さすがにそんなこと……できない、よね？」

「え、できないの？　逆に聞くけど」

愕然《がくぜん》とする彼女たちをよそに、僕はパソコンの前に座り、キーボードを打つ。

ダダダダダダダッ！

「す、すごい！　指が速すぎて残像が見えるよ……！」

「……淀《よど》みない指の動き……まるで著名なピアニストのようです。さすが神作家……」

ややあって原稿が完成。

僕は由梨恵に椅子を譲る。

「ほ、本当に書き上げたの？　一時間も経《た》ってないけど……？」

「うん。五万文字くらいだし、こんなもんかな」

「ご、五万文字を一時間もかからずに⁉　す、すごすぎるよ……！」

「え、こんなの普通でしょ？」

ゼロからじゃなく一回書いたことあるものだったら、簡単に書けるでしょ？

まあ他の人の小説書いている所なんて見たことないし、これがスタンダードだと思ってるんだけど。

「じゃ、じゃあ……読ませてもらうね……」

由梨恵はマウスを手に持って、小説を読み出し……ぐすん……と泣き出した。

「ノートの中身と同じだ。むしろ誤字脱字がなくなってて、さらに読みやすいよ！」

由梨恵が小説を読む一方で、アリッサが真面目《まじめ》な顔で言う。

「ユータさん。この小説、ウェブにアップしてみませんか？」

「まさか、小説家になろうに？」

「……はい。この傑作は、世に出すべきです。今すぐにでも！」

正直、小学校の頃の未熟な作品だし……ちょっと恥ずかしいんだけど……。

「……お願いします」

「わ、わかった。じゃ、サブのタブレットＰＣからアップしてみるね」

ワードのファイルをクラウドに載せて、そこからなろうに文章をアップ。

慣れてる作業なので、一〇分もかからずに投稿できた。

ほどなくして、由梨恵が小説を読み終え、満足げに吐息をつく。

「ぐしゅん……やっぱりこの短編すごすぎるよ……絶対映像化するべきだよ！」

「……ええ、書籍化はもちろん。アニメ化、映画化もされるべきです」

「いや……さすがにそんなの無理だよ。商業小説の世界は厳しいんだからさ」

ふたりは小説に関してはあまり明るくないから、結構楽観的になるのはしょうがないかな。

「でもこれ、絶対書籍化の打診来ると思うよ。てゆーか、もう来てるんじゃない？」

「いやいや……まだ投稿して何分もたってないよ？　さすがにないよ」

そう言いつつも、僕はなろうのトップページに戻る。

運営から打診のメールが来ていた。

それも何本も。小説の出版社だけじゃない、マンガの出版社からも。

なんと、デジマスを担当してくれている芽依《めい》さんからも来ていた。

「さすが勇太くん！　編集さんから注目されまくってるから、すぐ来たね打診！」

「……まあ、ユータさんなら、これくらい普通ですね」

◆

勇太はあずかり知らぬことだが……。

神作家の新作が投稿された瞬間、世界は一時、騒然となった。

『カミマツ様が新作をアップしただと⁉』『なんとしても出版権を入手するのだ！』

日本のみならず、世界中の出版社が、彼の小説を手に入れようと動き出した。

それは決して明るみに出ない争いだった。

誰もが、この素晴らしい小説を世に出したいという欲求にかられた。

カミマッの小説は、劇薬だ。

本を出せば巨万の富を築けるうえ、人の心を操《あやつ》ることすら可能とする。

無論そんなのまやかしだと笑うものも多い。

だが出版業界に携わっている、ある一定のレベル以上の人間ならば確信している。

カミマッの持つ小説の魔力を。

ゆえに出版業界はその瞬間から大規模な戦争に突入するはずだったのである。

世界中の出版社が、カミマッの新作の出版権をめぐって、血で血を洗う闘争を覚悟した。

だが。それを未然に防いだのもまた、カミマッの小説だったのだ。

『なんと素晴らしいんだ！』『こんなにも感動的な物語をめぐって、争いなどとんでもない！』

彼らが沸き立ったのは、カミマッの小説がアップされたと知ったから。

まだ事物を読む前だったからだ。しかし本文を読んだことで、彼らは落ち着きを取り戻した。

『カミマッ様のご意思を無視して争うなどもってのほか！』『神に判断を任せよう』

……以上のことが、ものの一時間にもたたぬうちに、世界のどこかで起きていたこと。

もちろんその事実を知るものはほとんどいない。

作者すらも知らぬこと。この日また神の偉業が歴史に刻まれた。

後々都市伝説として語られる、無数にある神作家エピソードのひとつ。そのはじまりである。

◆

母さんの誘い（＋父さんの土下座）で、由梨恵たちは夕飯を食べていくことになった。

「おにーちゃん！　短編読んだよ！　……って、あれ？　アリッサさんと由梨恵さんだ！」

妹の詩子《うたこ》が、部活を終えて帰ってきた。

ちなみにバスケ部のレギュラーなんだって。

「こんばんは、うたこちゃん！」

「こんばんはー！」

ぱちん、と由梨恵と妹がハイタッチする。

波長が合うのか、二人とも笑顔だ。

「アリッサさんも！」

「…………」

彼女はビクッと体をこわばらせ、うつむいてしまう。詩子と露骨に目を合わせない。

「人見知りなんだ、彼女」

「そーなんだ……って、それどころじゃないよ！　おにーちゃん！　短編！」

詩子が鞄《かばん》を放り投げて、僕にスマホを突きつける。

「『僕の心臓を君に捧《ささ》げよう』……読んだよ！　もう、ちょ～～～～最高だった！」

小学校の頃に書いた短編を、ひょんなことからなろうに投稿したのだ。

「もうね、やばいよ。部活にいたひとみんな読んで号泣してた……！」

「ま、まじかよ……ネット小説ってニッチなジャンルじゃないの？」

「それは違うぞ勇太ァ……！」

（いちおう）編集者の父さんが声を荒らげる。

「勇太……カミマツ先生の作品は、デジマスの大流行をきっかけに、性別年齢を問わず、幅広い人たちに愛されてるんだ……！　父さんみたいなオタクだけじゃなくて、部活やるようなキラキラ青春陽《よう》キャ層にも届いててなんらおかしくなぁい！」

父さんが熱弁する。

ちなみにロープで簀《す》巻《ま》きにされて、リビングの端っこで放置されていた。

理由はアリッサと由梨恵が食事に集中できないからだって。母さんが言ってた。

「勇太くん凄いよ。小学生の頃に書いた作品が、大勢に感動を与えてるんだから」

「……さすがユータさん。素晴らしい、最高のエンターテイナーですね」

由梨恵とアリッサが絶賛する。いや、超人気アイドル声優と、世界最高峰の歌姫の二人と比べたら、ミジンコみたいなもんでしょ僕なんて……。

「勇太！　お前は本当に凄い子だ！　見てみろ、なろうの夜のランキング！」

「ランキング？」

僕はスマホを開いて、なろうのランキングページを見てみた。

由梨恵が僕の隣に立って、のぞき込んでくる。

髪の毛の甘い匂《にお》いと、彼女の美貌《びぼう》にドキッとしてしまうぞ！

「さ、三〇万ポイントぉおお⁉」

由梨恵が驚愕する。え、なんでこんな驚いてるんだろう。

「あらあら何かすごいことなの？」

「ふはは！　母さんよぉ！　この編集者であるぼくが解説してあげよぅ！」

父さんが簀巻き状態で、得意げに言う。

「のちにアニメ化して大ヒットとなるの作品でも一日かけて二万ポイント！　これでも一年に一度あるかないかくらいのレアケース！　しかーし！　勇太はたった数時間で、三〇万稼いだんだよ！」

「まあまあ。さすがゆーちゃん♡　すごいわね～♡」

ニコニコしながら母さんが褒《ほ》めてくれる。

「勇太、これだけ取れれば書籍化の打診、結構来たんだろう？」

「え、あ、うん。小説、マンガ化あわせて一〇〇くらいかな」

「やはりな！　しかしざんねーん！　勇太の小説はぼくの会社で書籍化するんだもんね～！

勇太の新作は渡さないぞー！」

父さんは大手の出版社に勤めている。

その部下で、デジマスを担当してくれている芽依さんからも打診のメールを受けていた。

「見える……見えるぞ！『僕の心臓を君に捧げよう』……略して僕心《ぼくここ》！　書籍爆売れ確定！

アニメ化映画化当然！　実写映画もいけるぞこれはー！」

父さんが立ち上がって大声を上げる。その目は僕には見えない未来を見据えているようだ。

「いやぁありがとう！　これでまた一つ世界に名作が……」

「あなた♡」

「なんだい？」

「今は食事中ですよ？　……少し黙るか、永久に黙るか……選べ」

父さんは体を震わせながら口を閉ざした。

母さんの恐ろしい笑顔は、その場にいた僕ら全員を閉口させた。

「どうしたのみんな？　お祝いなのでしょう？　暗い顔しちゃだめですよぅ～♡」

ややあって。

食卓にはデザートの、母さんお手製のカボチャプリンが並ぶ。

「でもおにーちゃん、実際これからどうするの？　当然、続き書くよね？」

「うーん……どうしよっかな」

『僕の心臓を君に捧げよう』は小学校の頃に書いた作品だ。

昔書いた作品を今になって続けていけるだろうか。

僕は結構勢いで書く。突発的にあんなキャラいいな、こんな展開かっこいい！　という衝動に任せて書くことが多い（そのせいで誤字脱字が多いって注意される）。

さすがに小学校当時の衝動は覚えていない。

果たしてモチベーションが続くだろうか。

「「「「続き、書こうよ……！」」」」

妹、父さん、アリッサ、そして……由梨恵。

四人から、凄い剣幕で詰め寄られた。

「あなた♡」

「ハッ……！　し、しまった！　しゃべっちゃった！　ち、違うんだよ母さん！　ぐふぅ……」

母さんは、いつの間にか父さんの後ろに立っていた。

首の後ろに手刀を入れて、父さんを黙らせた。

し、死んでないよね……？　生きてるよね……？

「勇太くん。この傑作は、続き書くべきだと思うよ！」

由梨恵に続いて、うんうん、とアリッサと妹がうなずく。

「……わたしも同意見です。この作品は間違いなく世間を揺るがすことになります」

「そ、そんな大げさな」

詩子が身を乗り出し、鼻息荒く言う。

「おにーちゃん、僕心の連載版を書いてよ！　続き死ぬほど気になるし！」

三人から大絶賛される。

「おねがい勇太くん！」「……ユータさん、続きをどうか」「これで終わりなんて嫌だよぅ！」

父さんと芽依さん、プロの編集さんたちも太鼓判を押してくれた。

ぱんぱん、と母さんが手を叩く。

母さんが微笑《ほほえ》みながら、三人を見やる。

「今は夜ですよ？　大声を出したら近所迷惑になってしまいます」

「「「た、たしかに……」」」

ヒートアップしていた三人が、落ち着きを取り戻す。

「今日はもう遅いですから、ふたりとも、泊まっていきなさいな」

「「え、いいんですかっ？」」

ええ……と母さんがうなずく。

「詩子、空いてる部屋にお布団《ふとん》敷いてあげて。お二人は手伝ってあげてくださいな」

たっ……！　と三人がリビングから出て行く。

僕と母さん（あと気絶している父さん）だけが、リビングに残された。

「さて、お皿洗いしましょう。ゆーちゃん、手伝って」

「う、うん……」

僕はあいたお皿を持って、母さんと一緒に台所に立つ。

「……ありがと。皆を泊めてくれて」

正直あのままだったら、僕は何も考えずにオッケーしていただろう。

自分で言うのもあれだけど、僕は押しに弱いし……。

「どう思う？　続き……書いたほうがいいかな？」

母さんは微笑みながら作業をする。

「書きたいのでしたら書けば良い。芽依さんからの打診の返事はしてないのでしょう？」

「うん、まだオッケーしてない」

「ならば……別に断っても大丈夫でしょう。さすがに打診を受けた後でしたら、たくさんの人に迷惑をかけてしまいますよね」

「でも……書かなかったら、父さんに悪いってゆーか」

「あの粗大ごm……お父さんのことは気にしなくて良いのですよ」

母さん……今父さんをゴミって言いかけてなかった……？

「小説を書くのはゆーちゃんなんだから。他人からの期待や、大人の汚い思惑とか……そんな余計なことは考えなくていい」

　母さんは水道を止めて、タオルで手を拭《ふ》く。

「ようは、あなたが書きたいかどうか、それが一番」

「母さん……」

　ぽん……と母さんは僕の頭を撫でる。

「じっくり考えてお返事なさい。母さんは、あなたが選んだ答えを、全力で応援するわ……誰になんと言われようと……ね」

◆

　勇太が新作を投稿した、一方その頃《ころ》。

　みちるは一人寂しく夜をすごしていた。

「…………」

　ベッドの上で丸くなっているみちる。

　そんな彼女の部屋、そして彼女自身の顔は、それはもうひどいありさまだった。

　目の下にはくっきりとした隈ができている。髪の毛はぼさぼさ。

　部屋の中も散らかり放題である。

……原因はひとえに、ストレスだった。

「……ゆうた」

彼女は今まで、勇太の……カミマツの小説を読むことで、精神の安定を保っていた。

もとより彼女は、特殊な家庭環境にある。

ストレスを一般人よりも感じやすい生活を送っていた。

それでも日常生活が送れていたのは、彼の小説が癒してくれていたからだ。

勇太は無意識に、読者であるみちるを喜ばせようと、楽しい気持ちにさせようと書いている。

それを読んでみちるは、知らぬ間に精神衛生を保っていたのだ。

「…………」

だが今の彼女は、勇太の小説を読んでいない。否《いな》、読めないでいた。

あんなにも大好きで、毎日楽しみにしていたのに……。

「読めないよ……」

大好きな神作家から、拒絶された。それがトラウマとなって、彼女は作品を読めないでいた。

だってそこには、勇太の思いがつづられている。もしも愛する作品の中で、遠回しに、自分を非難するような内容が書かれていたら……。

大好きな物語からも、拒絶されたら……。

もう生きていける自信がない。怖いのだ。

勇太の作ったお話にすら、嫌われてしまうことが。

怖いから、見たくない。読みたくない。

そして読まなくなると心がすさんでいく……。

「ゆうたぁ……」

あのとき、あの放課後。どうして自分は、彼を拒んでしまったのだろう。

……簡単だ。

勇太を、現実を、見ていなかったからだ。

カミマツを勝手に神格化して、勝手に美化して、まるでアイドルのように、崇拝《すうはい》していた。

自分が思うそのままのことを、悩みを、わかってくれるスーパーアイドル。

みちるはそんな妄想《カミマツ》に取りつかれて、現実《ゆうた》を見てなかった。

カミマツがみちるの悩みをなぜわかってくれるのか、まで深く考えてなかった。

知ってて当然なのだ、だって、すぐ隣にいたのだから。

ずっと励ましてくれていたのはカミマツではなく、勇太だったのだ。

……現実から逃避し、都合のいい妄想に逃げてしまった己が悪いのだ。

「……新作、か」

勇太の書いた新作の短編が、なろうにアップロードされた。

だがそれを見ることがみちるにはできない。

そこに書かれている内容を、確認できない。怖くて、だから……楽しい気持ちになれない。

さらにみちるの心は病んでいくのだった。

◆

結局僕は、新作『僕の心臓を君に捧げよう』の、連載版の投稿を決意した。

期待してくれる人がいるなら、それに応えてあげたいからね。

翌朝。僕の家に来客があった。

「や、先生。おつかれ～」

「芽依さん。お疲れ様です」

編集者の佐久平《さくだいら》芽依さんが、我が家にやってきたのだ。

昨晩書籍化オファーを受ける連絡をしたら、軽く今後の打ち合わせをしたいという返事が返ってきたのである。

玄関で話していると、母さんがやってくる。

「あら芽依さん。打ち合わせですか？」

「おはようございます！　はい軽く……って、あれ？　靴が多いですね」

芽依さんが玄関に置いてある、靴の多さに気づく。

「あ、えっとそれは……」

まずい。

今、うちには超人気歌手のアリッサ・洗馬《せば》と、人気声優の駒ケ根《こまがね》由梨恵がいる。

もしここに泊まっているってバレたら……。

すると母さんが、僕がぼろを出す前にすかさずフォローを入れる。

「古い靴を洗濯しようと思って出してるんですよ」

「ああ、なるほど」

「リビングへどうぞ。お茶を出しますので」

「あ、すみません！　ありがとうございますー！」

芽依さんが廊下を通って、奥のリビングへと向かう。よかったバレなくて……。

「……上の二人には部屋を出ないように言っておきますね。バレると面倒ですし」

「母さん……ありがとう！」

いえいえ、と母さんが笑って台所へ行く。

ややあって、リビングにある、食卓にて。

「新作の書籍化……打診受けてくださり、本当にありがとうございますっ！」

芽依さんが深々と頭を下げる。

「ほんとありがと、マジでたすかるっ！　このご恩は忘れないよ！」

「あ、いや……そこまでですか？」

「もっちろん！　だってこれも、デジマスに引けを取らない名作になるもん！」

芽依さんも気に入ってくれた様子だ。

「デジマスと同じく、世界中の人たちを幸せにしてくれる作品になるわ、絶対」

「うーん……どうでしょう。デジマス並みに、受け入れてもらえるかなぁ」

「だいじょうぶよ！　その証拠になろうのランキング見て！」

芽依さんがスマホを僕に向ける。

なろうのランキングページだ。

このウェブ投稿サイトには、読者がポイントをつけることができる。

それに応じてランキングシステムが導入されている。僕も一応存在は知ってた。

でもあんまり気にせず。

「年間ランキング……一位？」

あれ？　たしか昨日、日間ランキングがどうたらって言ってたような。

「あらあら、どうしたの、ゆーちゃん」

母さんが僕らの前にお茶を置く。

「昨日の昼に投稿した短編が、もう年間ランキングで一位とってるらしくて」

「何かすごいことなの？」

母さんと僕の認識は同じだ。何かそれってすごいことなんだろうか？

すると芽依さんが興奮気味に言う。

「アニメ化するような凄い作品ですら、一年かけて取るポイント量を、先生はたった一日で稼いだんですよ！」

「すごいわぁゆーちゃん♡」

へー、そうなんだ。すごいことなんだなぁ。ふーん。

デジマス以外で、なろうで投稿するの、これが初めてだからよくわかんないや。

そもそもデジマスが初投稿で、そのときはランキングの存在自体知らなかったし。

「ポイントは読者が付ける作品の評価数値ですが、当然お話のこの先を期待する読者を測るバロメーターにもなります。それだけみんな、先生に期待してくれてるんですよ」

「お母さんも期待してますよ～♡」

まあでも、母さんたちが言うように、期待してくれてるひとがいるなら、頑張ろう。

芽依さんと僕は打ち合わせをする。

まずは短編だったこれを、内容を膨らませて、長編化してほしいんだって。

書籍版は長編になったものを、本にするんだって。

「あ、それと来週どっかのタイミングで、編集部に来てもらえないかな？」

「書籍版の打ち合わせですか？」

「んー。まあ遠からずってところ。ちょっと重要なお話」

「デジマス関連？」

「ううん、僕心」

僕心とは、新作『僕の心臓を君に捧げよう』の略称だ。

昨日父さんが言いだしたけど、響きが良いので気に入ってる。

重要な話ってなんだろう……？

「まさかアニメ化の話じゃあないですよね、さすがに」

「え？」

「え？」

「「…………」」

「「……え？」」

僕らはお互いに首をかしげる。

「芽依さん？　冗談ですよね？」

「いや……ううん。冗談じゃないけど」

う、うそーん……。

え、だって……短編しか投稿してないんだよ⁉　アニメ化までって……。

「うちの出版社グループって、アニメ化にも強いからさ、話通しやすかったよ」

「え、でもデジマスだって一巻発売後だったじゃないですか。まだ出てもいませんよ」

「あのときと今とでは、状況が違うでしょう？」

「状況が……違う……？」

「先生は、もうデジマスって実績がある。書籍爆売れ、アニメ円盤爆売れ、映画は歴史に残る大ヒット。そんな神作家の新作で、しかも投稿翌日には年間ランキングトップになりました」

さて、と芽依さんが笑って言う。

「これのどこに、コケる要素があると思うの？」

正直実績って言われても、まだ僕はデビューしてまもないし、シリーズだって一作だけ。

アニメ化してくれるのはうれしいけど……実績で買われてもなぁって感じがある。

他の作家さんもこんな気持ちになるのだろうか。

「ゆーちゃんならだいじょうぶですよ～♡」

「そうですよ！　スタッフもデジマスと同じメンツでそろえてもらいますし！」

少し考えこんでいたのを、不安に思っていたのだと思った母さんが、励ましてくれる。

芽依さんも、これはいける、と確信を持っている様子だ。

正直業界のことはあんまり詳しくないし、ウケるかどうかは未知数だけど。

でも、大丈夫。

僕には心強い味方がいるんだから。

こうして新作の短編が、アニメ化を前提とした状態で、連載開始することになった。

◆

芽依さんとの軽い打ち合わせを終えた。

「さぁってと、会社いくかー」

「お疲れ様です、芽依さん」

「全然つかれてなーい♡　やりがいのある仕事だもの。先生の作品を世に出すっていうね♡」

ちょん、と芽依さんが僕の鼻先に指を置く。

か、顔が近い。しかも大人のお姉さんの匂いがして、ドキドキしているそのときだ。

「じー……」

し、視線を感じる……って、まさか⁉

振り返るとそこには、由梨恵とアリッサがいた！　しかも寝間着姿だ！

「あら……って、ええええ⁉　あ、アリッサ・洗馬と駒ヶ根由梨恵ぇえええええ⁉」

芽依さんがびっくり仰天してる。

そりゃそうだ！　有名人が僕の家にパジャマでいるんだもん！

「な、なな、なんで⁉　先生なんで⁉」

「あ、いやその……これにはわけが……」

するとアリッサが僕の前にやってきて、深々とおじぎする。

「……初めまして、アリッサ・上松です」

アリッサ・上松⁉ 苗字《みょうじ》が変わってないですかぁ⁉

真剣な表情のアリッサをよそに、由梨恵は楽しそうな笑顔を浮かべて言う。

「どうも！ 上松由梨恵です！」

「由梨恵まで⁉ なんだよそれ！ ふざけないでよふたりとも！」

「ふざけてないよっ。それより誰なの～、この人！」

「……ユータさん、説明を要求します。どういうご関係で？」

ごご、と由梨恵たちから圧を感じる。や、やばい……なんか誤解されてる。

すると芽依さんが、何かを察したような表情になる。そして、ぱちん、ウインク。

「はじめまして、あたしは佐久平芽依！ 先生の女房（役）です！」

「おいいいいいいいいいいいいいいいいいいいいいいいいいいいいい」

何楽しそうに爆弾ぶっこんでるのあんたぁ⁉

しかも本人は仕事があるからーっとあっさりいなくなるし！

……その後由梨恵、アリッサから怒涛《どとう》の如《ごと》く質問責めにあった。

母さんは終始楽しそうに、僕らのやり取りを見てて、父さんは血の涙を流していた。

第5章 あのね勇太…あたしね…ようやく…

あくる日、僕は芽依《めい》さんとの打ち合わせのため、都内某所の出版社までやってきた。

「わぁ……！　おっきービルだねぇ」

僕の隣には由梨恵《ゆりえ》とアリッサがいる。

彼女たちも芽依《めい》さんから呼び出されたんだってさ。

「……入り口の前に凄《すご》い人ができてます……なんでしょう？」

「さぁ……？　アイドルでもいるのかな？」

僕の隣にもアイドル声優いるけどね。

そう思いながら近づいてみると、騒ぎの原因に気づく。

真っ白なスーツを着込んだイケメンが、若い子たちを侍《はべ》らせていた。

「きゃー！　王子サマー！」『サインくださーい！』『王子さまー！」

「……王子？」

はて、とアリッサが首をかしげる。

「あ、あの人は！」

向こうも僕に気づいたらしく、笑顔で手を振る。

「やぁやぁ！　これは我がライバルではないかねっ！」

「……ライバル？」

逆側に首をかしげるアリッサ。

ほどなくして近づいてきたのは、背の高い、イケメンの男だ。

「こんにちは、白馬《はくば》先生」

爽《さわ》やかイケメンフェイス。きらりと光る真っ白な歯。

白スーツに赤いバラを胸に挿した……どこぞの王子サマかよって見た目。

「……ユータさん、誰《だれ》ですか、この人？」

「えっと……この人は……」

すると白馬先生は「おっとストップ」と手を出して僕の発言を遮《さえぎ》る。

「初めましてお嬢さん。私は白馬。白馬王子。ラノベ作家で、モデルで、御曹司。三拍子そろったスーパー作家とは私のことだ！」

アリッサに堂に入った挨拶《あいさつ》をする白馬先生。

一方で彼女は完全に「は、はぁ……」と引き気味だった。

「こんなところで立ち話もあれだから、中に入ろうか我がライバルよ」

白馬先生は取り巻きに手を振って、僕らは中に入る。

エスカレーターにのって編集部までいく。

アリッサが疑わしそうに白馬先生を見て言う。

「……この人が作家って……本当なんですか?」

「この私を知らない? それはいかんな! 是非とも覚えておいてくれたまえ」

バッ……! と白馬先生が懐《ふところ》から雑誌を取り出す。

青年向けのファッション雑誌だった。

表紙には白馬先生が写っている。

『イケメンモデルラノベ作家〝白馬王子〟特集!』と書かれている。

「白馬先生はあの大手製薬会社・白馬製薬の御曹司なんだ。それでプロのモデルもやってる、凄い人なんだって芽依さんが言ってたよ」

「わっはっは! 我がライバルよ、それだけでは言葉足らずだよ!」

バッ……! と今度は一冊の文庫ライトノベルを取り出す。

「……この作品、知ってます。『灼眼の処刑少女グリム・ガル』」

「そう! 略してグリム! このライトノベルがヤベーイ・スゲーイ! で三年連続二位をキープしている、モンスターコンテンツ! その作者がこのボク、白馬王子なのさっ!」

芽依さん曰《いわ》く、グリムはもの凄い作品らしい。

何回もアニメ化してるし、劇場版アニメだって作られた。

ファンタジーものラノベの代表格と言える作品とのこと。

業界は詳しくないけど、僕はこの人の作品を読んでいる。

というかファンである。

「グリムも面白《おもしろ》いし、今アニメやってる『聖剣使いの使い魔は笑わない』も良いアニメですよね」

「はっは！　ありがとう！　しかし我がライバルよ、君が言うと嫌味に聞こえるよ」

「え、な、なんで……？」

白馬先生が悔しそうに言う。

「世間での話題は聖剣使いより、『劇場版デジマス　天空無限闘技場編』だろう？」

「いやそっちだって、やばいって、父さんが言ってましたよ？」

人気とかはよくわからないけど、僕もアニメは観《み》ている。

聖剣使いは凄く面白い。

「ありがとう我がライバルよ。君のような神クラス作家に褒《ほ》められるとうれしい……だが」

先生が僕を見て尋ねてくる。

「聖剣使いの円盤売り上げは、第一巻が約一万枚。今の業界じゃ普通に凄い数字」

だが白馬先生の表情は暗い。

「しかし君のデジマス一期には敵《かな》わなかった……！」

「へー……あ、そういえば五万枚って言ってましたね、芽依さんが」

よくわからなかったけど、芽依さんが興奮気味に言ってたのを覚えている。

「……円盤が五万も売れた作品など今まで見たことがない。完敗だ……実に、悔しい……！」

くっ……！　とイケメン作家が歯がみしている。

「だが君に負けたのはあくまでも原作力、私の技量が君に劣っていただけだ！　監督をはじめとしたスタッフや声優陣は負けていない！　そこは勘違いしないでくれたまえよ！」

「え、あ、はい。もちろん」

「うむ、それでいい」

ちーん、とエレベーターが編集部の階まで到達する。

白馬先生が真っ先に降りて、僕、アリッサ、由梨恵と続く。

「……ユータさん、すごいですね……グリムの作者から、ライバル視されてるなんて」

アリッサがキラキラとした眼を僕に向ける。

「いやライバルじゃないって何回も言ってるんだけど……」

別に僕、誰かと競ってる気はまったくないんだけど。

ただ好きにお話書いてるだけだし。

「ふっ……確かに。君からしたら私など、眼中にないのかも知れないね」

「あ、いや！　そういう意味じゃなくってですね！」

先生はわかってるよ、とばかりに朗らかに首を横に振る。

だがその瞳は寂しげに伏せられていた。

「いいのだ。私は敗者。君がチャンピオンさ……カミマツ先生。ナンバーワンは君だ」

今更だけど同業者なので、白馬先生は僕とは顔見知り（本名までは知らないけど）。

「だがしかし！　君みたいな最強の神作家が常に前を走ってくれているおかげで、私のやる気の炎はメラメラと燃え上がって、尽きることはないのさ！」

きらん、と白馬先生が白い歯を輝かせる。

「改めてだけど、デジマス映画、最高だったよ。完敗さ。見事な映像美、最高のストーリー……完璧《かんぺき》な劇場版だった。この私が賞賛を送ろう」

「ありがとうございます。うれしいです」

にゅっ、と白馬先生が手を出してくる。

「この調子で走り続けてくれたまえナンバー1。いずれこの私が追い越してみせよう」

「きょ、恐縮です……次のアニメも、がんばります」

ぎゅっ、と僕らは握手する。

「次のアニメ……ああ、二期の発表がついこの間あったね。コングラチュレーション」

「いえ、違います。そっちじゃあなくて」

「うむ？　まっ、まさか君……いやそんな、でも……そうとしか考えられない」

愕然《がくぜん》とした表情を、白馬先生が浮かべる。

「もしかして……君が先日なろうにアップした作品……アニメ化されるのかい……？」

「え、あ、はい」

がくん……と白馬先生が顎《あご》を大きく開く。

「ふ、ふふっ……そうかい……なろうにあげて一週間もたたぬうちから、アニメ化か……書籍がまだできてないのに……ふ、ふふ……」

イケメン作家が崩れ落ちそうになる。

「だ、大丈夫ですか……？」

僕が白馬先生に手を伸ばし、引っ張り上げる。

「さすが我が最大の強敵。今日はアニメの打ち合わせかい？　もう制作会社も決まった？」

「いえ普通に軽い打ち合わせって言ってました」

「デジマスに続いて僕心《ぼくここ》もアニメ化かい。悔しいよ。そんな若くから二作も成功するなんて」

「そんな……白馬先生も十分若いですし、二作もアニメ化されてるじゃないですか」

白馬先生って何歳なんだろう？　若そうだし、二十代だよね多分。

「私は二十代になってからだ。十代のうちからアニメ化二本は、ハッキリ言って次元が違うよ。素晴らしい才能さ……だが！　私も負けていないがね！」

崩れ落ちそうだった先生が、すぐに回復する。

ばっ！　とかっこいいポーズをとって、堂々と宣言する。

「今日は新シリーズの打ち合わせなんだ。この作品で次のアニメ化を狙《ねら》う！」

「え⁉　白馬先生の新シリーズ⁉　読みたいです！」

僕は白馬先生の作品が大好きだ。

業界には詳しくないけど、本は好きなんだよね僕。

「今度もファンタジーですか？」

「もちろん！　タイトルは『神装機竜スレイヤーズ』！」

「わぁ！　か、かっこいい……絶対買いますね！」

「ありがとう我が宿敵よ。私も君の僕心の書籍が出たら買うよ」

「ありがとうございます！」

編集部に到達する。

お互いに別の編集者が担当なので、そこで別れる。

「ではな我がライバル！　僕心の書籍たのしみにしているよ！」

白馬先生は笑って去って行った。

彼の姿が見えなくなった後、由梨恵が言う。

「ふふっ♡」

「あ、由梨恵。どうしたの？」

「白馬先生の新作楽しみにしてるって言ってた勇太《ゆうた》くんが、可愛《かわい》らしくって♡」

な、なんだか恥ずかしくなってきた……。

「でもほんと凄いんだね勇太くんって。業界一位なんだ……！」

「……当然です。ユータさんは凄いんですから」

僕も由梨恵同様、初めて知ったよ自分の順位。高校生が一位になれる、狭い業界なのかなぁ。

◆

僕たちは編集部に呼び出された。

副編集長の父さんに少し挨拶した後、会議室に行くと、見覚えのある人がいた。

「やぁ先生！　久しぶり！」

「御嶽山監督？」

アニメ版デジマスの監督だ。大柄な女性である。

「祝賀会以来だなぁ先生。元気だったかい？」

「あ、はい。おかげさまで」

ニッ……と笑って監督が僕の背中を叩《たた》く。

「僕心、読んだぜ。神作だったわ。さすが先生！　名作しか作れないんだなぁ」

がはは！　と監督が豪快に笑う。

「改めてよろしくな先生。今回もお仕事一緒にできて、光栄に思うぜ」

「えっと……僕心のアニメも、御嶽山監督が作るんですか？」

「あれ？　何も聞いてないの？」

うんうん、と僕がうなずく。

と、そのときだった。

「先生ー！　ごめん遅れてーー！」

担当編集の芽依さんが、会議室に飛び込んできた。

「遅れて本当にごめんなさい！」

ぺこぺこと何度も芽依さんが頭を下げる。

「さっき父さんから聞きました。打ち合わせが長引いちゃったんですよね」

「じゃ仕方ねーや。ねえちゃん」

うんうん、と僕たちはうなずく。

芽依さんはホッと安堵《あんど》の吐息をついた。

ややあって。

「じゃあさっそく本題に入ります」

芽依さんがホワイトボードを取り出して、きゅきゅっと何かを書く。

「『僕の心臓を君に捧《ささ》げよう』。書籍一巻、宣伝用アニメ作成」

「宣伝用……アニメ……？」

僕たちが首をかしげる。

「カミマツ先生の新作の書籍版一巻発売時に、宣伝用のアニメを流そうと思ってます」

由梨恵とアリッサが驚いている。僕は、まあそうなんだくらいに思ってた。

「一巻発売時に……宣伝のアニメ……？」

「ツイッターとかでよく見るだろ？　声優さんが声当てて流れる販促用のＰＶ」

芽依さんが説明するところによると、最近ではツイッターなどＳＮＳを使った宣伝に、特に力を入れてるらしい。有名声優を起用して声を当てたり、販促用のマンガをツイッターに流したり。

「予定では僕心の本編に即した、ウェブ限定で見れる十五分の短編アニメを作ります。ＳＮＳで拡散しやすいよう、短くカットしたＰＶも同時に作る予定です！」

「……初めからこの力の入れよう、さすがです」

「すごいよ！　普通ここまで宣伝してくれるのってないと思うよ！」

「まーそんだけ期待されてるってーことだろ。安心しな先生。アニメ・デジマスを作った監督とスタッフが、全力で良いアニメ作るからよ」

この監督さんとスタッフさんたちはデジマスのアニメをすごいものに作ってくれた。なら安心して、キャラをお任せできる。

由梨恵とアリッサが呼ばれたのは、このPVに参加してもらいたいかららしい。

キャラの声と、エンディング曲まで用意するとか。

ラノベの宣伝って、ここまで手が込んでるんだなぁ。

「やります！　是非やらせてください！」

「……わたしも、死力を尽くして、歌わせてもらいます」

「そー言ってくれると思ったぜ」

芽依さんと監督は顔を見合わせて……強くうなずく。

「うっし。やるぜ！　アタシ、この最高の先生のために、最高の宣伝アニメを、作っちゃる！」

「先生のために、たくさんの人にこの最高の物語を届けるために！　がんばる！」

アリッサもまた真剣な表情で言う。

「……ユータさんの作った世界を、大勢に知ってもらえるように全力を尽くします」

「私も！　キャラを好きになってもらえるように、一生懸命演技しますー！」

こうして、たくさんの人たちが、僕の新作ラノベのために、動いてくれることになった。

◆

勇太が、アリッサと由梨恵と出版社で打ち合わせしてる……一方その頃《ころ》。

みちるはクラスメイトたちと、カラオケに来ていた。
マイクを握っているのは、高身長のイケメン男子。
「きゃー！　中津川《なかつがわ》くんかっこいー！」「素敵ぃ～……♡」
きゃあきゃあと女子たちが黄色い声を上げる。
中津川。淡く脱色した髪の毛に、甘いフェイス。
しかもバスケ部のレギュラー。外見だけ見れば、確かにモテるのもうなずける。
（……はぁ、心底どうでも良い）
中津川の歌を、みちるは聞き流していた。
大好きな作家から拒絶され、嫌われてしまったことがショックすぎて頭がいっぱいだ。
心の支えだった彼《カミマツ》を失い、みちるは精神的に不安定になってた。
そんな様子を見かねた友達が気分転換にと誘ってくれたのだ。
それでも彼女の気分は晴れない。
彼女のなかにあるのはカミマツを振ったあの日への後悔だ。
何度やり直せたらと悔いただろう。心を病んだ彼女が縋《すが》るのは過去。
あのときに戻れたら……という強い思いにとらわれていた。
だから……気づかなかったのだ。
自分に向けられている、ねばついた好意の視線に。

「はぁ……」

みちるは女子トイレにいた。

手を洗っている最中である。

「気晴らしになるかと思ってきたけど……はぁ……全然だめね」

手洗いの水が排水溝へと渦《うず》を巻いて消えていく。

こんなふうに時間も巻き戻ってくれないだろうか……。

はぁ、とため息をつき、水を止めて女子トイレを出た、そのときだった。

「よぉ、みちる」

「……中津川くん」

陽《よう》キャ男子、中津川が廊下にいたのだ。

何をいきなり話しかけてくるのだろうか？

いきなりみちるってなんだ、と彼女は心の中でイラッとする。

「さっきの歌どうだったよ？　おれ、得意なんだよねカラオケ」

「はぁ……」

正直どうでもよすぎて、歌なんて全く聴いてなかった。

「はぁ、ってなんだよ。聞いてなかったのか？　お前のために歌ってたのに」

「なにそれ。別に頼んでないし」

恩着せがましい態度に苛立《いらだ》ち、みちるは中津川の横を通り抜けようとする。

ガシッ、と彼が腕を無遠慮に摑《つか》んできた。

「つれねえなぁ。せっかくこのおれがわざわざ話しかけてやってるのによ」

「別に話しかけてこなくていいから」

中津川の上から目線の態度にイラっと来た。

キッ、とみちるは中津川をにらみつける。

だが彼はニィ……と気色の悪い笑みを浮かべる。

「気の強い女は好きだぜ」

「は？　何いきなり」

「照れんなよ。好きなんだろ、おれのことが？」

自信満々に、中津川がトンチンカンなことを言う。

……一瞬、何を言ってるのかさっぱりわからなかった。

「な、なに……？　誰が、誰を好きって？」

「とぼけんなよ。おれのこと好きなんだろ。とっくに気づいてるって。あんなふうに、毎日熱烈におれのことを見てきたら……誰だってわかるよ」

……みちるは中津川の勘違いに気づいた。

彼女は教室でいつも、勇太をジッと見ている。

だが勇太とみちるのちょうど真ん中には、中津川がいるという座席順なのだ。

結果、みちるが、ずっと中津川を見ている……ということになる。

「ち、違うわよ！　誰があんたなんて見るかっての！」

「ははっ。照れるなよ。おれのほかに、誰を見てるっていうんだ？」

中津川は、みちるが自分を見ているものとばかりに思っている。

よもや陰キャで目立たない勇太に、熱烈な視線を向けているとは思わないだろう。

みちるは教室の中でも上位の美貌《びぼう》を持つ。

そんな彼女と、地味な勇太では釣り合わない。

彼女が勇太を好きなんて……誰もわからないのだ。結果、中津川は、大桑《おおくわ》みちるは自分のことが大好きで、授業中ずっと熱烈に見てくると勘違いしてる次第。

「いいぜみちる。おれ、付き合ってやるよ」

「結構よ！」

ぐいっ、とみちるの腕を強引にひっぱり、壁に押しつける。

「逃げんなって」

べろり、と中津川が舌なめずりする。

彼の目は、みちるの顔と胸にロックオンされていた。

みちるは小柄ながらなかなかのバストサイズを持つ。

いわゆるロリ巨乳というやつだ。

思春期男子にとっては、彼女の魅力的な乳房に目を奪われてしまう。

特に中津川は性欲が強く、みちるの胸をずっとガン見している。

……その視線に、みちるは嫌悪感を覚えた。

「このまま外に抜けね？　ふたりでさ」

「いや！　お断り！　離してよ！」

みちるは逃げようとする。

だが腕をがっちり捕まれて身動きが取れない。

「おれと付き合いたくても付き合えない女ってたっくさんいるんだぜ？」

「だから何よ！　あたし、あんたのことなんて一ミリも好きじゃないから！」

「気の強い女は好きだぜぇ～……なあみちる、いいじゃねえかおれと付き合えよ」

スッ……と無遠慮に中津川が、みちるの頬《ほお》に触れようとする。

強めにみちるが、中津川の手を払う。

ガツンッ！　とそのとき肘《ひじ》が、中津川の鼻に当たる。

「っつぅ～……」

「フンッ……！」

別に中津川のことは一切《いっさい》好きじゃなかったし、今の態度で完全に彼のことが嫌いになった。

みちるは彼にかまうことなく、スタスタと去って行く。

中津川は焦《あせ》って彼女の手を取る。

「待てよ。なぁ、マジなに怒ってるんだよ？」

彼女が自分にぞっこんだと思っていた。

てっきり自分のものになると思っていた女に、しかし、拒まれてしまった。

どういうことなのだろうかと困惑するばかりである。

「別に。あんたが嫌いなだけ。馴《な》れ馴れしいったらありゃしない！」

彼は生まれ持った顔の良さから、女に不自由したことが一度もなかった。

声をかけた女はみな喜んで近づいてくる。

少し強引に迫っても男らしいと好意的に解釈してくれる。

……なのにみちるは、まったく自分になびいてくれない。

「じゃあね、アタシ帰るから」

不快な思いをしたみちるは、その場からさっさと退散する。

一人残された中津川は……ぽかんとした表情で突っ立ってた。

カラオケの部屋から、男子生徒たちが顔を出す。

「んぁ？　どーしたん中津川ぁ」

「みちる姫はもう手に入れたん？」

「…………」

「え？　振られたの？　マジ？」

男子生徒は中津川から頼まれたのだ。

みちるを手に入れるために、手頃《てごろ》な女子たちを誘ってカラオケに行こうと。

すべては中津川がみちるを彼女にするため、企画したことだった。

……だが、結果は振られた。

「あんだけおまえに好き好きオーラだしてたのに振るとかまじどーなんてるん？」

「わからねえ……ただ……」

「ただ……？」

ニィ……と中津川が邪悪に笑う。

「是が非でも、あの女、手に入れたくなったぜ」

今までどんな女も落としてきた。

そんなプライドがあるからこそ簡単に靡《なび》かないみちるを、なんとしてでも手に入れたいという欲求がわいてきたのだ。あの女の泣き顔を想像すると、嗜虐《しぎゃく》心がくすぐられる。

「絶対におれのもんにしてやるよぉ……」

中津川は邪悪に笑うと、懐からスマホを取り出す。

電話帳に登録されている、友達に連絡を入れる。

「おう、おれ。そう、また頼むわ。ああ。写真送るからそいつを襲え。ああ、いつもどおり」

中津川は通話を切ると、べろりと舌なめずりする。

「今の何の電話だったの？」

「襲うとかなんとかって言ってたけど……」

同級生たちが不安げに尋ねる。

一方で、中津川はスマホをいじりながら、下卑た笑みを浮かべる。

「女を手に入れるための仕込みさ」

◆

みちるは友達と別れてカラオケ店を後にした。

日曜日の夜、人通りの少ない路地をみちるはひとり歩く。

「もうほんと最悪……」

カラオケ店で同級生の陽キャ・中津川に強引に迫られた。

顔は確かに良いかもしれないが、あんな無理矢理は御免被る。

「二度と顔も見たくないわ……」

と、そのときだった。

「おっ、こんなところに可愛い女子はっけーん★」

「うはｗ　まじタイプぅｗ」

……前方から、明らかにチャラそうな、青年ふたり組が声をかけてきた。

中津川と同類の匂《にお》いを感じる。

無視が一番と思ってみちるは通りすぎようとする。

「ちょっと待ってよお嬢ちゃん」

「おれらと遊ぼうぜｗ」

チャラ男がみちるの手を無遠慮に摑んでくる。

好きでもなんでもない男に触られても、気持ちが悪いだけ。

強く払いのけようと腕を振る……だが、びくともしない。

怖くなって、さっきよりも強く手を振り払おうとするが無駄であった。

「離してっ！」

「いやでぇすｗ」

……よく見ると、自分の腕を摑んでいる男はガタイがよかった。

何度も何度も腕を振りほどこうとしても、びくともしない。

……みちるは恐怖を抱《いだ》いた。

彼らを得体の知れない肉食獣のように見えたからだ。

「いやぁ！　助けてっ！」

「おいおい怖がるなよｗ　ちょっと遊ぶだけだって」

「いやっ！　誰かっ！　誰かぁ！」

「良い声だすねぇ。興奮するぅ……ベッドではどんな可愛い声で鳴いてくれるかなぁ？」

チャラ男が無理矢理みちるの頬を摑んで、顔を近づけてくる。

気持ち悪さと恐怖で頭がパニックになっていた。

「助けてぇ……！　誰かぁ……！」

誰でもいい、助けてほしかった。しかしここは人気のない路地裏。

どう考えても誰も助けてくれないような状況。

……みちるの脳裏《のうり》に彼の顔がよぎる。

と、そのときだった。

「あ、いたいた！　お姉ちゃーん！」

とと、とみちるたちに近づく少年がいた。

身長はやや低めで童顔。

チャラ男たちは突然登場したこの少年が誰なのか知らない。

だが……みちるだけは知っていた。

「ゆ、勇太……？」

みちるは呆然《ぼうぜん》と幼馴染《おさななじみ》の少年……勇太の名前を呼ぶ。

だが解せない。なぜ彼がこんなところに？

それに何をしに来たのだろう……。

チャラ男たちは突然現れた少年の登場に戸惑い、手に込める力をゆるめた。

「もー、お姉ちゃん捜したよぉ。さ、帰ろう？」

勇太は無警戒に近づいて彼女の手を引く。

困惑状態のみちるは、勇太に促されるまま、その場から立ち去ろうとする。

「おいおい弟くぅん。おれらおねえちゃんと大事な話あるんだよ」

「へぇ……！　大事な話って？」

勇太は無垢《むく》なる年下の弟を装いながら、足早に路地を抜けようとする。

「大人の話だよ、お・と・な・の。だから弟くんは一人で帰りなさい」

チャラ男たちが勇太を追い払おうとする。

けれど勇太はその場から、みちるのそばから離れようとしない。

「えー、でももう遅いし、帰らないとお父さんが心配するよ？　あ、ほらお父さん！」

路地の入り口にスーツを着込んだ、鋭い眼光の男が立っていた。

勇太が手を振ると、スーツの男は手を振ってくる。

勇太はそのままみちるを連れて、チャラ男たちから離れる。

男は路肩に停めてある車に近づいて、ドアを開ける。

「げぇ！」

停めてあった黒塗りの高級外車を見て、チャラ男たちは顔を青くする。

どう考えてもあっちの筋のひとだった。

「な、なんだよこのすげえ車……」

「やーさんの乗るような車じゃんかこれ……」

一般人が乗れないような高級外車。

さらに鋭い眼光の体格の良いスーツの男（暫定《ざんてい》父親）。

……そこからチャラ男たちは勝手に想像してしまう。

この姉弟が……ヤバいところの関係者だと。

「さ、おねえちゃん乗って。帰ろう？」

みちるは恐る恐るリムジンに乗り込む。

大丈夫なのだろうか、この男は明らかに勇太の父じゃない。

だがそれでも不思議と怖くはなかった。

「あ、そうそう」

みちるを先に乗せて、安堵の吐息をついた後、にっこりと笑って、勇太が言う。

「お兄ちゃんたちも乗る？」

「「え……？」」

「え、だってお姉ちゃんと大事な話があるんでしょ？　だったらほら、車の中で話せば良いじゃん……ねえお父さん？」

ガタイの良いスーツの男が、じろりとチャラ男たちをにらみつける。

……彼をアウトローな関係者だと勝手に思い込んでいるチャラ男たち。

「いや！　遠慮しておくよぉ！」

バッ、とチャラ男たちが手を上げて一目散に逃げようとする。

スッ、と勇太が目をほそめる。

「よく考えてね。おねえちゃんに手を出したら……誰が、黙っていないかって」

じろり、とスーツの男（暫定父親）がニヤリと口元を歪《ゆが》ませた。

「ひぃいいい！　す、すみませんでしたぁああ！　もうしませぇえええええん！」」

情けない声を上げながらチャラ男たちが退散していく。

「おいどーすんだよ！　ナカツガワくんに怒られるぞ！」

「うっせー！　命のほうが大事だ！」

その後ろ姿を見て、勇太がぽつりとつぶやく。

「ま、全部嘘《うそ》なんですけど」

作戦がうまくいって、勇太はホッと安堵の吐息をつく。

みちるはショックから抜け出せず呆然としたまま……しかし、体の震えは止まっていた。

勇太はスーツ姿の男性の方を向いて、頭を下げる。

「ごめんなさい、贄川《にえかわ》さん。茶番に付き合わせてしまって」

「いえ、お気になさらず。お連れ様がご無事で、なによりでさぁ」

みちるは遅まきながら、この大男と会ったことがあると思い出す。

「あんた……あんときの」

贄川は会釈《えしゃく》をすると運転席に回る。

勇太もリムジンに乗り込み、車が発車する。

みちるはこわばった身体《からだ》を動かすこともできず、声だけで、勇太に問いかける。

「……どういう、ことなの」

「え、あ、ごめん。信号待ちしてるときに、みちるの声が聞こえたからさ」

勇太は車を止めてもらい、様子を見に行った。

そこで、みちるが絡まれているのを目撃、一計を案じて助けに入ったのである。

「そう……だったんだ」

ようするに、勇太はハッタリを駆使して、みちるを助けてくれたのだ。

自分が助かったことを自覚し、ほっとする反面……。

「……なんで、たすけてくれたの？」

至極当然の疑問が彼女の口をついた。

今の勇太にみちるを助ける義理は全くない。

だが勇太はさも当然とばかりに、きょとんと目を点にして言う。

「え、だって幼馴染でしょ僕ら？」

ごく自然に彼は言った。

……その瞬間、みちるは思い出した。

勇太はいつもみちるが困っていると手を貸してくれていた。

誰よりも早く、自分のために。

「あ……ああ……」

彼への愛《いと》おしさで胸がいっぱいになる。

正体が敬愛する作家カミマツだからとか……関係ない。

いつも隣にいた彼は……今も昔も変わらず優しくていい男だったのだ。

「勇太ぁ……ゆうたぁ～……」

安堵と愛おしさで、みちるは涙を流す。

勇太はポケットからハンカチを取り出して渡してくれる。

「悪かったわ……迷惑かけて」

「え、迷惑？　なんで？　いつものことじゃん」

彼と話していると心が軽くなった。

勇太と居るときが、一番楽なんだ。何も気にしなくて良いんだ。

……結局、幼馴染が一番だったんだ。

このときみちるのなかでは、目の前に座っている少年がカミマツであることを忘れていた。

昔馴染みの男の子を……みちるはようやく、好きであると心から気づけた。

「あのね勇太……あたしね……ようやく……」

と、そのときだった。

「アリッサも由梨恵も、ごめんね」

「え……？」

彼の言葉にみちるは、リムジンのさらに後ろの席に美少女が二人座っていたことに気づく。

アリッサ・洗馬《せば》に、駒ヶ根《こまがね》由梨恵。

超一流のアーティストたちが、居合わせていたのだ。

贄川がいた時点で気づくべきだったのだ。

このリムジンに、アリッサたちがいるだろう可能性に。

「帰るの遅くなってごめんね。贄川さんも巻き込んで迷惑かけちゃったし」

「……いえ。別に」

「お友達を助けるためですもん！　気にしないで！」

勇太がふたりと楽しそうに会話する。

それを見た瞬間みちるは再び、絶望の淵《ふち》に突き落とされる。

幼馴染にかかっていた、初恋という名の魔法《のろい》は完全に解けている。

彼はもう、みちるだけを見てくれることはないのだ。

「ごめん、アリッサ。みちるを家まで送ってくれない？　僕んちの近くだからさ」

「……まあ、あなたがそうおっしゃるのでしたら」

「いいのっ。ありがとう！」

「でもやっぱり勇太くんは優しくて、最高にかっこいい男性だね！　さっきの凄かった！」

「や、やめてよぉ。照れるなぁ～……」

勇太と幸せそうに笑い合うふたり。

みちるは確信した。今日、彼はみちるが愛する者だから助けたのではない。

幼馴染が困っていたから助けただけだ。

「……ぐす、うぐ……うえええええん！」

みちるは子供のように泣きわめく。

「勇太ぁあああ！　ゆぅううたぁあああああああ！」

みちるは己《おのれ》の愚かさを嘆いた。カミマツを振ったことを後悔したのではない。

大事な幼馴染《あげまつゆうた》を、振ったことを……手放したことを……ただただ強く後悔していた。

だが、今更後悔したところで……もう遅いのだ。

第6章　助けて！　勇太ぁ！

koukousei WEB sakka no moteseikatsu | CAPTER 06

ある日のこと。僕は編集さんと打ち合わせするために、編集部へとやってきていた。

編集部がある建物の会議室にて。

「先生、原稿おつかれさまでしたっ！　これで僕心《ぼくここ》の一巻の作業は終了ですっ」

担当編集のお姉さん、芽依《めい》さんが笑顔で言う。

僕心。『僕の心臓を捧《ささ》げよう』は、僕の二シリーズ目の本になる。

「でも……光の速さでしたね。原稿が上がるの、早いなんてレベルじゃないですよ」

芽依さんが僕の書いた原稿を手に目をむいている。

ワードで打ったものを彼女が打ち出したらしい。

「まさか三五〇ページある原稿を……たった三日で完成させるなんて……」

「え、原稿なんて三日もあれば終わりますよね？」

芽依さんが口の端をひくつかせたあと、深々とため息をつく。

「……改めてだけど先生、おかしいわ……」

「おかしいって……遅すぎるってことですか？」

「いや、早すぎるってことよ！」

え、何か怒らせちゃったかなぁ？

はぁ、と芽依さんが疲れたようにため息をついた後に言う。

「他の先生たちは、普通どんだけ頑張っても原稿を仕上げるのに、一ヶ月は最低でもかかるのよ。それを三日たらずで終わらせたんだから、すごいことなの！」

「へえーそんなもんですか」

他の作家さんが作業にどれくらい時間かかるのかなんて、わからないからね。

作家って基本、作業は一人でやるものだし。

「あ、原稿って言えばそうだ。メール見てくれました？」

「メール？　ごめん、他の作家さんと打ち合わせが重なって今朝《けさ》は見てないわ」

「あ、そうなんですか。大したことじゃないんで後でいいですよ」

「ごめんね。何の用事だったの？」

「デジマスの最新刊の原稿です。思ったより早くできたんで送りました」

ぽかーん、と芽依さんが口を開ける。

いや、でもまさか、とつぶやくと、僕を見て言う。

「ちょ、ちょっとタンマ！　先生……とりあえず、ちょっと待ってて！」

芽依さんがどたばたと会議室を出て行く。

遠くで彼女の悲鳴が聞こえて、またどたばたと戻ってくる。

「マジだったわ……」

「？　どうしたんです？」

はぁ～……と芽依さんがさらに、疲れたように吐息をつく。

「デジマス最新刊って……え、いつ書いたんですか？」

「？　僕心書いてる合間に。ほら、同じ話書いてるとどうしても行き詰まるじゃないですか。だから気晴らし的に書いてたんですけど……」

芽依さんは唖然《あぜん》とした表情で僕を見ていた。

うーん、どうしたんだろう、さっきといい、今といい。

「あれ、僕何かやっちゃいました？」

「いやどこの異世界チート主人公よあなた！」

芽依さんが声を荒らげて言う。

「もう凄《すご》すぎて驚き疲れたよ！　このリアルチート主人公め！」

「何に驚いてるんです？」

「全部にだよ、全部にー！」

ややあって。

「……ようやく本題に入れるわね」

まだ今日顔合わせたばかりだけど、芽依さんがやつれてた。

編集ってすごい大変な仕事なんだろうなぁ。

父さんも編集者だけど、まあ……うん……あの人はちょっと例外だろう。

「今日来てもらったのは、イラストレーターさんについて」

「そっか……僕心のイラスト描いてもらう人、決めなきゃですもんね」

僕が主に書いているのは、ライトノベルと呼ばれるジャンルの本だ。

一般にラノベはイラストが重要とされている。

イラストの出来が一巻の売り上げを左右する、なんて言われるんだってさ。

「とりあえず希望ある？　先生クラスだったら、言えば大抵起用できるわよ」

「いや大抵ってそんな……大げさな」

「何言ってるの、先生と組んで仕事したいイラストレーターさんめちゃくちゃいるから」

……うーん、そんなに凄い作者だろうか僕って。

世間にはハリウッドで実写化される原作を書いた作家だっているっていうし。

アニメ化される作品を、バンバン手がけている人だってたくさん。

僕なんてまだまだぺーぺー作家だ。

「希望は……特にありません。芽依さんにお任せします」

「そっか。……ところで、相談なんだけど。実はイラストレーターの候補、一人いるのよ」

へぇ、誰《だれ》だろう。

まあでも、夏前のこの時期は、みんな夏コミの準備しているからね。

有名なイラストレーターさんは忙しくて受けてくれないだろうな。

「先生、みさやまこうさんって知ってる？」

「みさやま……こう？ 知りませんね」

「Ｖｔｕｂｅｒで、イラストレーターさんやってる人なの。チャンネル登録者数が二〇〇万人の超凄い絵師さん！ 先生が反対しないなら、彼女にやってもらおうかなって。どう？ 驚いた？」

芽依さんが胸を張って、僕の顔を覗き込んで言う。

「へー、いいんじゃないですか」

「か、軽いなぁ」

「だってぶいちゅーばーだのチャンネル登録者数だの言われてもわからないし」

「先生、本当に高校生なのあなた⁉」

僕の楽しみは、お話を作ることと、それを誰かに読んでもらうことだから。

それ以外の娯楽って知らないんだよね、ほとんど。

「まぁオッケーならいっか」

「というか、よくそんな凄い人（？）のスケジュール抑えられましたね」

「向こうから是非にって……熱烈なラブコールが来たんだ」

「イラストレーターさん本人から？」

「そう。登場人物全員のキャラデザだけじゃなく、自分で考えた表紙イラストまで送ってきたのよ。もの凄いクオリティの！」

大興奮の芽依さん。目が肥えてる彼女ですら喜ばせるなんて。

「はいこれ！」

芽依さんは持参してるタブレットPCを操作して、僕に手渡してくる。

表示されているJPEGの画像を見て……目をむいた。

「わぁ！　す、すごい……！」

超絶美麗なイラストがディスプレイに表示されていた。

きれいなだけじゃない、絵が本当に動いてる錯覚を覚えるほどだ！

「これ……ギャラ発生してないんですよね？」

「ええ、まだ依頼すらしてないわよ」

今度は僕心のキャラの立ち絵を見せてくる。

……これもまた、驚いた。

頭の中でイメージしたものが、絵として完璧《かんぺき》に再現されていた。

それも、女の子はちょっとエッチに、男の子は格好よく描かれている。

「……本当にまだお金もらってないのに、これらを送ってきたんですか？」

何度も、貰《もら》った絵を見て思う。おかしいって。

うんうん！ と芽依さんが強くうなずく。彼女もまた動揺してたんだろう。

「イエスよ先生。普通あり得ないわ、超人気イラストレーター自ら無償で絵を描いて売り込んでくるなんて、前代未聞よ」

「……どうしてこんなことを？」

すると芽依さんはフフフ、と得意げに笑う。

「そんなの答えは一つでしょ。先生の神作品が、好きで好きで仕方なかったのよ」

確かに好きでもないのに、ここまでのことはしてくれないか。

絵をもう一度見る。本当にすごい絵だって、素人《しろうと》の僕でもわかる。

こんなに素晴らしい絵を、僕の作品が好きだからってだけで描いてくれるのか……。

うれしいなぁ。

「イケる、イケるわよ先生。気分屋で有名なみさやま先生がここまでやる気を出してる……今まで以上に素晴らしい絵を描いてくれるわ。神作家と神絵師のコラボ爆誕よ！」

芽依さんが目にめらめらとやる気の炎を燃やしていた。

「も、燃えてますね」

「ええ！ そうよ出版業界はこういう奇跡が起きるからこそ素敵なのよねぇ！」

芽依さんはうれしそうに足をパタパタさせている。

「はっ！　ご、ごめん勝手に盛り上がって。で……どうする？」

絵のクオリティは申し分ないし、作品への情熱を持ってくれる人に任せたい。

芽依さんから先生の話を聞いたとき、頭をよぎったのはアリッサだった。

彼女もまた同じように、自から曲を作ってきた。

みさやま先生とアリッサ、二人はどこか似ている。

結果としてアリッサはデジマスに最高の曲を作ってくれた。

きっと同じように、みさやまさんもいいものを作ってくれる。

そう、確信したのだ。

「是非とも……お願いしたいです」

「ん。おっけー。じゃ、みさやまこう先生にオッケーの返事しておくね」

けど、みさやまこうさんか……。

どんな人なんだろう？　会ってみたい気もあるけど……。

まあ、絵師と作家なんて、顔合わせる機会ないけどね。

◆

ある休日のこと、僕は集合場所の駅まで来ていた。

「たしか最初は改札に集合、だったよな」

僕はスマホの電源を入れる。ツイッターには一通のダイレクトメッセージ。

相手の名は……みさやまこう。

さて経緯を話そう。

先日、『僕の心臓を君に捧《ささ》げよう』の書籍版の情報が解禁となった。

七月下旬発売、出版社はデジマスと一緒、そしてイラストレーターさんはみさやまこうさん。

ツイッターでその情報を流したところ、もの凄い勢いで拡散された。

ツイートをした数分後に、みさやまこうさんからフォローされた。

さらにＤＭが送られてきたのだ。

『はじめましてカミマツ様！　私、せんせーの大大大大大ファンなんですー！』

『ぜひ一度、直接会って打ち合わせしたいです！』

『デジマスのこととか、僕心のことで、いろいろせんせーのお話聞かせてください！』

みさやまさん、凄いフランクな人だった。

絵のお礼もしたかったので、会うことにした次第。

今日は駅前で落ち合ってから、近くの喫茶店《きっさてん》で話そうという流れになっている。

休日というだけあって、駅前にはたくさんの人であふれかえっている。

初対面の相手と待ち合わせるなら、喫茶店に直接集合でもよかったかも。
「先生にDM送ってみよ」
さっき思ったことを伝えると、みさやま先生もOKしてくれた。
向こうも駅までは来ていたらしく、合流できず困っていたらしい。
「よし、移動しよ……って、ん？　なんだあの子……？」
ふと、駅前にとても可愛《かわい》らしい女の子がいることに気づく。
銀髪に青い目……外国の人かな？　ロシア系かも。
年齢は十才くらいかな。小学生みたいな見た目している。
肩のあたりくらいの銀髪と、冬の空のような澄んだ青い瞳《ひとみ》。
真っ白な肌に黒いドレスのような服装……まるでお姫様だ。
「…………」
あっちへふらふら、こっちへふらふらと、改札の前を行ったり来たりしている。
スマホを見て、きょろきょろしている。
たぶん出口がわからないんだろうなぁ。
『あの……すみません……北口ってどっちですか……』
彼女は何かをしゃべっている。
けど……意味が理解できない。……日本語じゃ、ないよね。

『あの……すみません……どなたか……その……』
でもあの目はわかる。迷子の目だ。
妹の詩子《うたこ》も、小さな頃家族で出かけたとき、あんな目をしてたもんだ。
結構勝手にあっちこっちへ行ってしまって、母さんたちとはぐれる羽目になったっけ。
そう銀髪のお嬢様は、幼い頃の詩子に少し似ていた。
だからほっとけなかった。
「あの、さ。君……大丈夫？」
見かねて僕は少女に声をかけた。
びくん……！ と彼女が体を強くこわばらせた。
ブルブルブルブル……！ と震えだす。
「えっと……その、もしかして迷子？」
びくんっ！ ブルブルブルブル……！
ま、参った……完全に怯《おび》えてるよ。
そりゃそうだ、知らない人から声をかけられたら怖いってもんだもん。
「どうしよ……ん？ あれ、それって……」
少女がスマホをぎゅっと握りしめている。
スマホカバーには、デジマスの主人公リョウが描かれていた。

でも……変だな。僕の知ってる、絵師さんの絵じゃない。でもめっちゃうまい。

「それ、デジマス？」

「…………！」

「もしかしてデジマス好きなのかな？」

「…………！」

こくこく、と少女が強くうなずく。

「そっか。僕もデジマス好きなんだ。リョウ、かっこいいよね」

こくこくこくこくこく！　と少女が何度もうなずく。

少しデジマスの話をした。

彼女はしゃべらないけど、でもリアクションは取ってくれる。

かなり大ファンらしくて、色々とグッズを持っているんだってさ。

僕らがデジマスについて話していると、彼女の緊張はだいぶほぐれたみたいだった。

「ところで君、迷子？　どこか行こうとしてたの？」

こくん、と少女がうなずく。

スッ、とスマホを僕に見せてきた。ブラウザにはスタバの画像。

「北口のスタバ？　よければ一緒に行こうか？」

いいの、とばかりに彼女が首をかしげる。

「うん。ちょうど僕もそこに行く予定だったんだ」

ぱぁ……！　と少女が表情を明るくする。

彼女が可憐《かれん》な笑みを浮かべて……日本語じゃない言葉で言う。

『……しゃあ！　ラッキー！　こうちゃんついてますなぁ！』

「？　えっと……じゃ、いこっか」

そんなわけで、僕は少女を連れて、北口へと向かう。

とてとて、と少女がうしろから付いてくる。

しかし小学生も最近は、ひとりでこんな人の多い場所に出歩くんだなぁ。

僕らは信号待ちをしながら話す。

「スタバなんて行ってどうするの？　待ち合わせ？」

こくん、と少女がうなずく。

「そっか。僕も人に会うんだ」

みさやまさんがどんな人なのかわからないけど、まあ何とかなるでしょ。

駅前より人はいないだろうし。

「あ、信号青だ。渡ろうか」

少女は立ち止まってしまった。

じっ、と横断歩道を見つめ、ぶるぶる、と震えている。

『……横断歩道、怖い』

相変わらず何言ってるかわからない。

けど何かにビビってる……？

「大丈夫だよ。ほら」

何が怖いのかわからないけど、僕は彼女の手を握ってあげる。

みちるも昔は結構怖がりだった。

そういうときは一緒に手をつないであげると、怖いのもなおっていたっけ。

「僕が付いてるよ」

少女の手を握りながら横断歩道を渡る。

彼女はぽーっと顔を赤くしながら僕を見上げてきた。

『……もしやこうちゃんにホの字なのだろうか？　困るぅ♡　今から先生に会うのに』

そんなこんなあって、僕らはスタバへと到着した。

ぺこぺこ、と少女が頭を下げる。

「いえいえ。待ち合わせの相手、いる？」

ジッ、と少女が店内をつぶさに見る。

だがふるふる、と首を振った。

「そっか。一人で待つのもあれだろうし、よければ一緒に待とうか？」

ぱぁ……！　と少女が顔を明るくする。

だが、すぐに首を振った。

「大丈夫なの？」

こくん、と少女が首を縦に振る。

「そっか。じゃあね」

『優しい人でしたなぁ。結構かっこいいし！　カミマツ先生があの人だったらいいのに』

少女が頬《ほお》に手を添えて、くねくねと体を動かしていた。

なんだろう、小学校の間に流行《はや》ってるダンスかな？

「さて……みさやま先生きてるかな」

とは言え、相手の顔もわからないからなぁ。

「あ、そうだ。ＤＭでメッセージおくっとこ。ええっと……到着しました、と」

するとすぐさま返事があった。

『こんにちはせんせー！　こうちゃんも到着しましたっ！』

『入り口のところにいますー！　どこどこ〜！』

メッセージが矢継ぎ早に送られてくる。随分とおしゃべりな人みたいだ。

何歳くらいだろう……？

動画配信してるし、絵描きさんでもあるから……二十歳くらいかな？

入り口のとこを探してみるけど、さっきの女の子以外にいない。

「おかしいなぁ……」

と、そのときだった。

とんっ、とさっきの少女が、正面からぶつかってきたのだ。

「きゃ……っ」

可愛らしい声とともに、彼女が尻餅《しりもち》をつこうとする。

僕はとっさに彼女の腕を引っ張る。

「大丈夫？　ダメだよ、前見て歩かないと」

かぁ……と少女が顔を赤くする。

ふとした拍子に、彼女の落としたスマホの画面が、ちらっと見えてしまった。

そこにはツイッターのＤＭのページが開かれていた。

そしてさっき、みさやま先生と僕との会話が書かれている。

「え？　あ、あれ……？　も、もしかして……」

少女は顔を赤くするとスマホをバッ！　と回収する。

「もしかして、みさやま先生ですか？」

え、と少女が顔を上げる。

彼女の青い瞳と僕の瞳が交錯する。

少女は恐る恐る日本語で聞いてくる。

「もしかして……カミマツ、せんせー、ですか……？」

「あ、はい。そうです、みさやま先生」

少女は顔を真っ赤《まか》にして、ぷるぷると震えだす。

『運命の出会いキターー！ すっごい漫画みたいな展開ぃ！ テンション上がるぅ！』

日本語じゃない言葉で、彼女が興奮気味に言う。

どうしよう、失礼なことしちゃったかな？

ともあれ、僕はイラストレーターである、みさやまこう先生と初顔合わせしたのだった。

◆

場所は駅前のスタバ。窓際の席に、僕とみさやま先生は対面で座っている。

『ほほう、このお方が五〇〇億を稼いだ男ですかぁ。なるほどオーラが違いますすな』

しげしげ、とみさやま先生が、僕の顔をじっと見つめている。

先生、めっちゃ美少女。じっと見られるとなんだか照れちゃうな。

『しかし本当にこうちゃんついてますすな！ まさか養ってもらう予定の人が、こんな若き天オクリエイターなんて！ この年でもう勝ち組人生？ 勝ったなガハハ！』

みさやま先生が、何やら熱の入った調子で言う。

けど……すべて日本語ではなかった。

多分ロシア語、かな。でも言うまでもなく僕は生粋《きっすい》の日本人。

だから相手がロシア語で何を言ってるのかさっぱりである。

『SNSで出会いを求めるのは間違ってるだろうか？　否《いな》！　これからの時代はネット社会ですよ！　ネットで素敵な殿方と知り合いゴールイン！　からの左団扇《うちわ》生活のスタートよ！』

「あ、あの……みさやま先生。お、落ち着いて……何言ってるのかわからないから」

『GA文庫から出版されることになったからネタも気にせずガンガン……って』

ハッ……！　と先生が顔を赤くする。

「……ごめ、んなさい」

今度は日本語だった。

よかった、意思疎通《そつう》はできるみたい。

「えっと……じゃあまずは自己紹介かな。はじめまして。上松勇太《あげまつゆうた》です」

「……三才山鵠《みさやまこう》です」

先生がスマホを取り出して、凄い速さでフリック入力。

画面を見せて、漢字でどう書くのかを教えてくれる。

「へえ……かわいい名前ですね、三才山先生」

「～～～～～～～～～～～～～～～！」

ボッ……！　とみさやま先生が顔を赤くする。

『やだぁ♡　こうちゃんの魅力のボディにメロメロですかぁ？　んもぉ♡　照れるぅ』

みさやま先生が高速でロシア語で何かをしゃべってる。

うーん、明るい子なんだろうけど……いかんせん何を言ってるのかさっぱりだ。

「先生。それで今日の目的って……」

「……こう、です。こう、呼んで。あの……」

「？　ああ……呼び方ね。こうちゃん……でいい？」

クワッ……！　とこうちゃん目を大きく開く。

『はいこれ、絶対こうちゃんに気があるやつ！　かくいう拙者《せっしゃ》も気になる感じ！』

こうちゃん、またエキサイトしている。

見た目の印象はおしとやかな深窓の令嬢なのにね。

ツイッターでの印象通りだなって思った。

「じゃあ僕も好きに呼んで良いよ」

「……じゃ、あ。神、さまで」

「神て。いや普通に呼んでよ」

「……おにーさま、で」

「いや別に君のお兄ちゃんじゃないんだけど……」

「……かみ、にーさま、で」

もうそれでいいや……。

「こうちゃんって本当にイラストレーターさんやってるの？　そんなに若いのに？」

小学生でイラストレーターって……凄いことだと思う。

けどこうちゃん、顔をふるふると横に振る。

「……わ、私……十五、です」

「じゅ、十五ぉ!?　じゃあ……中学三年生？」

「……高校、通って、ます」

……高校生かよ！　いや……身長小さいから、完全に小学生かと思った……。

けどまさか一個下だったたなんて。

「そんなに若いのに、超人気イラストレーターなんて、すごいなぁ」

こうちゃんが顔とか腕とかを一瞬で真っ赤にする。

『な、なにこの気持ち。ドキがムネムネする！　不整脈!?　やはりおまえがキラだったか！』

ばたばたばた！　とこうちゃん足をばたつかせる。

と、そのときだった。こうちゃんが足で、テーブルを蹴《け》ってしまった。

パシャッ、とコーヒーの中身が飛び出る。

中身がこうちゃんの右手の甲にかかった。

「た、大変だ……！」

僕は慌てて彼女の白い手を取る。

「大丈夫⁉　火傷《やけど》してない⁉」

しゅううう……と彼女の顔が、湯気が出るレベルで、真っ赤になる。

あ、でも手は赤くなってないぞ。

「よかった……アイスコーヒー頼んでたんだね……って、こうちゃん？」

くたぁ……とこうちゃんの体がずり下がる。

「こうちゃん⁉　どうしたの⁉」

『ふっ……所詮《しょせん》こうちゃんもチョロインだったたってわけか……きゅう♡』

何事かをつぶやきながら、こうちゃんは気を失うのだった。

◆

その後復活したこうちゃんと一緒にスタバを出た。

買い物がしたいと彼女が申し出てきたからだ。

少し歩いて駅向こうのアニメショップに、僕らはやってきた。

『おほー♡　デジマスグッズがいっぱいだー♡』

ダッ……！　とこうちゃんが走って行く。

こうしてみると小学生なんだよなぁ、完全に。

こうちゃんが見ているのは、デジマスのアクリルキーホルダーだった。

『わぁ……！　新作のアクキー！　どれも最高……！　くぅ〜！』

「欲しいの？」

こくこく！　と強くこうちゃんがうなずく。

「買ってあげようか？」

そんなバカな⁉　みたいに、驚くこうちゃん。

「……い、いの？」

「うん。これからたくさんお世話になるし、プレゼント」

こうちゃんがまた顔を赤くする。

色白だから、赤くなるとすぐにわかるよね。

『こうちゃんに貢ぎたいだなんて……！　どうやらまた一人拙者の美貌《びぼう》のとりこになってしまったようだな……！　かみにーさまが第一号だけど！』

うーん、マジで何を言ってるのかさっぱりだ。

けどまあ喜んでくれそうなのでいいか。

こうちゃんは真剣な表情でジーッと見つめる。

やがて、ももちゃんのアクリルキーホルダーを選ぶ。

「ももちゃん好きなの？」

『うん。かわいいしエロいしきょぬーだしエロいし。拙者エロいキャラ大好き侍でござる！』

この後しばらく、こうちゃんがマシンガンのごとく速さで何かを語っていた。

意味はわからないけど、熱量は伝わってくる。

『でねっ。巨乳キャラは素敵だと思うんだ！ こうちゃんは貧乳？ うるせーぶっ殺すぞ♡』

「あ、ありが、とう……？」

何を言ってたのかさっぱりだけど、作品を褒《ほ》めてくれたことだけは伝わってきた。

僕の作品をここまで愛してくれているひとが描いてくれるんだ。

きっと……いや絶対、僕心も凄いものになるぞ。

その後アクキーをレジで買ってきて、こうちゃんに手渡す。

「……ありが、と。ござい、ます」

こうちゃんはぎゅーっと、アクキーを胸に抱《だ》く。

『神作家が買ってくれたキーホルダーか。メルカリに転売したら億はくだらないな』

「喜んでくれたみたいでよかったよ」

『だ、大丈夫！ 売らないよ！ うん。大事にしますわ』

にこっ、とこうちゃんが微笑《ほほえ》む。
言葉は伝わらないけど、気持ちは伝わるよね。
そんなふうに僕らは買い物をしたあと、夕方。
「じゃあ、こうちゃん。また」
夕方、駅前にて。
僕らは別れようとしている。
『なんか時間がたつの早すぎぃ！　……なんでだろ、不思議体験ですな』
凄い残念そうな表情のこうちゃん。もっとおしゃべりしたかったのかな。
「えっと……そうだ。こうちゃん、連絡先交換しない？」
またも顔を赤くして、ぷるぷると震えるこうちゃん。
『こ、こうちゃんにこれ完全に気があるやつぅううううう！』
何言ってるのかやっぱりわからないけど、いいの？　みたいなニュアンス……かな？
僕らは手早く、ラインのＩＤを交換する。
『きちゃー！　神の連絡先げぇっと！　これでこうちゃんカミマツの女！』
ぴょんぴょん、とこうちゃんがうれしそうに飛び回る。
「今後も絵でわからないこととかあったら、いつでも質問して」
『絵？　……あ、そっか！　仕事仲間でしたなぁ！　つい楽しくて、忘れてた～！』

えへへ、とこうちゃんがはにかんでいる。かわいい。

『……ほんとはね、こうちゃん、人見知りなんですぞ？』

ロシア語で、こうちゃんがポツリとつぶやく。

『でもね、カミマツ様と仕事できるって知って、勇気だしてみて、良かった』

こうちゃんが小さく微笑んで、僕を見上げて言う。

「あなたと、であえて、良かった」

出会えたことを喜んでくれてる。僕もだ。またひとり、友達ができたんだから。

「こちらこそ」

『ごめんね、最初は五〇〇億の男カミマツと知り合えば一生働かなくてすむかなーみたいな、不純な動機で声をかけました。ごめんなそーりー』

「何言ってるかわからないけど、また遊ぼうね」

『えへへっ♡ やったー！ しあわせー！ かみにーさま大好きー♡』

こうちゃんがぎゅー、と僕の腰にしがみつく。

「え、えと……こうちゃん？ その……人の目があるから、ね？」

こうちゃんはまた一瞬で、体中の肌を真っ赤にする。

力強く、こうちゃんがうなずく。

『イラストがんばります。かみにーさまのこと、お気に入り登録しましたので！』

頑張ります的なこと、言ってるのかな。
「うん、僕も頑張ります」
こうちゃんは改札をくぐって僕のほうを見やる。
ロシア系の美少女が元気いっぱいに手を振っている。
うん、良い子だなぁみさやま先生。
これなら安心してイラストを任せられそうだぞっ！

◆

こうは勇太と別れた後、一人電車に乗っていた。
『すごいクリエイターってゆーから、偉そうな人かと思ったけど、いい人でしたなぁ』
背が低く顔つきも女の子みたいで怖くなかった。
こうは男の人……というか、人間と話すのが苦手だった。
『みさやまこうは世を忍ぶ仮の姿！　実は異世界の姫！　……なんつって』
ふふっ、とこうが微笑む。
最初、彼に声をかけたのは不純な動機からだった。
神クリエイターと知り合えば、遊んで暮らせるかもという。

『こうちゃん本来働いたら負けだと思ってますんでなぁ。おうちひきこもってゲームが至高』

でも今日、勇太と二人遊んでいる間、時間を忘れていた。

昔から人と話すのが苦手で、団体行動が苦手だった。

だから一人でできる絵を描く作業に没頭した。そう、元来コミュ障なのだ、彼女は。

それでも今日は、勇太と一緒にいて楽しかった。

『ふふっ……はっ⁉ 今こうちゃん、なんかヒロインっぽくなかったー？』

えへへーと、こうは笑う。

そのとき、ぽこん、とラインの通知が来る。

『おっと、さっそくまいすてでぃーから愛のラインがきたぜい！ なんつってー』

こうがしゃべるのはロシア語だ。

母親がロシア人なので、自分も自然とロシア語が身についた。

とはいえ、父親が日本語が堪能《たんのう》なので、日本語を聞くこともしゃべることも可能。

でも人と話すのが苦手なので、外国人キャラを通してる。

余計な会話をしなくて済むし、なにより、コミュ障って馬鹿《ばか》にされなくていいから。

『そういえばかみにーさまは、こうちゃんのこと馬鹿にしてこなかったな……』

ラインのアプリを起動させる。

勇太からのメッセージで、今日のお礼と、また会いましょうという文字が。

『また、会いたいなぁ……』

デート当初は、不純な気持ちがあったけど、今は純粋に彼に会いたかった。

ぜひ、と書いてラインを返す。

こうはバッグから、買ってもらったキーホルダーを手に取って、微笑む。

『……かみにーさま、素敵なひとだったな……えへへ♡』

◆

六月も終わり、七月に入ったある日のこと。

僕の家に僕心プロジェクトの関係者たちが集まっていた。

「うほぉおおおお！　勇太ぁあああああ！　やばいよぉおおおおお！」

玄関に集まっているのは三人の美少女たちだ。

黒髪清楚《せいそ》なアイドル声優。

金髪が麗《うるわ》しい人気歌手。

銀髪の美少女イラストレーター。

そして絶叫しているのは僕の父さん。

「超人気声優駒ヶ根由梨恵《こまがねゆりえ》！　超人気歌手アリッサ・洗馬《せば》！　そして超人気Ｖｔｕｂｅｒイ

ラストレーターみさやまこう！　今最も旬な美少女たちが一堂に会するなんて！」

父さんは僕の前に、泣きながら何度も頭を下げる。

「ありがとう勇太ぁ！　君のおかげだぁ！　イベントでだって滅多《めった》に会えないような彼女たちに会えるなんてぇえええ！　うぉおお！　感動だぁああ！　うぉおお！」

するとスッ……と父さんの背後に、母さんが立つ。

「あなた♡」

「ハッ……！　か、母さん……しまったこのパターンは！」

母さんは一瞬にして、ロープで父さんをがんじがらめにする。

「東京湾《とうきょうわん》に沈みたくないなら大人しくしてなさいな♡」

「ンー！　ンぅう！　ンー！」

びたんびたん！　と猿ぐつわされた父さんが、陸に上がった魚のように動いている。

「さぁさぁ♡　みなさん、狭い家ですがこちらへどうぞ」

「ンぅううう!?　ンー！」

「ぼくはこのままですか？　って。もちろん♡　この子たちが帰るまで、そこで黙ってろ」

父さんが絶望の表情を浮かべながら、子供のようにジタバタしている。

ちょうどそこに妹の詩子が帰ってきた。

「ただいまー、って、あれ？　美少女が三人も！　どうしたの、酒池肉林でもするの？」

「ちがうよ。宣伝用の短編アニメが完成したから、みんなで見ようってことになったんだ」

「えー!?　もうできたの！　見る！　みるみるぅー！」

「さぁみなさん、リビングへ移動ですよー♡」

「「「はーい！」」」「ン゛ぅうん！」

僕らはリビングへとやってきた。

大きなテレビの前に、僕らは座っている。

「はじめまして、こう先生。私、駒ヶ根由梨恵です！」

「……アリッサ・洗馬です」

「…………………ぁぅ」

由梨恵とアリッサの間に、こうちゃんが座っている。

いつも以上に肩をすぼめて、顔を赤くしてうつむいている。

「あんな凄い絵を描く人が、こぉんな可愛い娘《こ》だと思わなかった～♡　可愛い～♡」

由梨恵はぎゅっ、とこうちゃんを後ろから抱きしめる。

「お肌すべすべ！　やーん超可愛い～♡」

『か、かみにーさまぁ～……たしゅけてぇ～……』

どうやら由梨恵はこうちゃんをいたく気に入ったようだ。

「由梨恵。こうちゃんが嫌がってるから離してあげて」

「あ、ごめんねつい……」

抱擁が解かれると、こうちゃんが僕の元へ飛んできた。

あぐらをかく僕の膝《ひざ》の間に、すっぽりと収まる。

『なかなかの座り心地……おさまりがよいねここ！』

「こ、こうちゃんみんなが見てるから……その……ちょっと離れて」

「ワタシ、ニホンゴ、ワカリマセーン」

こんなときだけ外国人キャラを気取られても⁉

「わー……こうちゃんいいなぁ～……ねえねえ！　私も座らせて♡」

『わりぃなのび太、これ一人乗りなんだ』

ふっ、とこうちゃんが勝ち誇った笑みを浮かべる。

「てか、今日はラフな格好だね？」

「かわい～♡　子猫みたーい♡」

由梨恵がこうちゃんの服装を見てうっとりする。

この間一緒に出かけたときは、しっかりとした服装だった。

でも今は動物を模したジャージを着ている。

『こうちゃん普段はジャージで外出する女よ。え、この間のほうが気合入ってたって？　そりゃ初対面だしぃ？　まあもうおしゃれはいいかなって』

こうちゃんがロシア語でぼそぼそとつぶやく。

「何を言ってるのかはわからないけど、こっちの服装のほうがしっくりくるね」

『やぁんかみにーさまってばぁ、女を口説《くど》くなんてハーレムラブコメの主人公かよ〜♡』

えへへとこうちゃんがハニカンでいた。

ややあって。

「じゃ、そろそろ芽依さんから預かってきたDVD、見ようか」

「「「さんせーい！」」」『ンぅー！』

由梨恵たちや母さん、詩子（と父さん）が、リビングに集まってテレビを囲っている。

「ゆーちゃん、アニメって何のアニメ？　お母さんよくわからないのですけど」

母さんは小首をかしげながら言う。

「来月に発売される僕の二シリーズ目の小説、『僕の心臓を君に捧げよう』。これの宣伝用に作られた、十五分の短編アニメだよ」

僕はDVDをセットする。

「書籍版第一章を元に作られてるんだ。発売前に動画配信サイトで流して、続きはウェブ版を読むか、書籍版を買ってね、みたいな宣伝に使うの」

「宣伝のためだけにアニメを作ってもらえるなんて。すごいわぁ♡　すごいすごい♡」

「おにーちゃんさっすがぁ！」『ンぅー！』

「「お父さんうるさい」」『んぅー……」

僕はＤＶＤのリモコンを手に取る。

「じゃ、始めまーす」

再生ボタンを押す。

テレビ画面に映し出されるのは美麗な背景と、そして美しく描かれたキャラクターたち。

主人公コータは、何の取り柄もない平凡な主人公。

ある日不思議な少女マイと出会い、異世界へと導かれる……そんな筋書きだ。

「…………」

僕の考えたキャラクターたちが、御嶽山監督たちスタッフの手によって美しい映像のなかに具現化され、元気いっぱいに走っている。

こうちゃんが与えてくれた、コータやマイの肉体《イラスト》。

そこに由梨恵が魂《こえ》を吹き込む。

そして作品に最高にマッチしたエンディング曲を添えることで、アニメが完成していた。

エンドロールが流れて画面が暗転する。

しばし僕らは画面を見入っていた。

「えっと……どうだったかな？」

みんなの反応が気になって、僕は画面から目を離す。

由梨恵たちは……静かに泣いていた。

暗い画面に釘付《くぎづ》けになって……ボロボロと涙を流している。

「あ、あのぉ……もしもし？」

いくら声をかけてもみんな画面から目を離さず微動だにせず、泣いている。

パンッ……！　と僕が手を鳴らしてみた。さすがに起きるでしょ……。

「って⁉　起きないぃぃいいいいい⁉」

よく見たらみんな目を開けたまま失神してるぅ⁉

どうなってるの⁉　ねえみんな起きてよ！　ねえ！

……結局みんなが目を覚ましたのは、それから三十分後のことだった。

「「「最ッ高だった……！」」」

笑顔でそう答えてくれた。

うん。感想はうれしいけど、怖いわ。大丈夫かな……。

僕の心配をよそに、妹の詩子が僕の腰にしがみついて、わんわんと泣く。

「すごかった！　デジマスのアニメ見たとき以上の感動だったよ……！」

「そっか。そりゃあよかった」

続いて母さんがエプロンで目元の涙を拭《ふ》く。

きゅっ、と母さんが僕を優しく抱きしめてくれる。

「こんなに凄いアニメを作ってもらえて、ゆーちゃんは世界一しあわせものね」

「うん、僕もそう思うよ」

目を閉じて、さっきの見事なアニメを思い返す。

宣伝のためだけで、あそこまで見事なものを作ろうとは思わない。

きっと僕の作品を、たくさんの人に知ってもらいたいって、本気で思って作ってくれたんだ。

デジマスといい、僕心といい、僕は、なんていいスタッフに囲まれているのだろう。

僕は振り返って、この作品を素晴らしいものにしてくれたクリエイターたちを見やる。

「みんなありがとう……！　本当によかった！　最高のアニメだったよ！」

幼い頃の妄想にすぎなかった文章を、最高の形で世に出せることになった。

それはこのトップクリエイターたちのおかげだ。

「勇太くん……私のほうこそありがとうだよ。この素晴らしいキャラクターに声をあてられたこと、この先死ぬまで誇りに思うよ！」

主人公コータの声を担当した、声優の由梨恵《ゆりえ》。

「……ユータさんの作り上げた世界最高の原作があったからこそ、自分の持てる最大限の力を引き出した曲が作れました。あなたに、ただ感謝を」

主題歌を担当した歌手のアリッサ。

『うわぁん！　かみーさまー！　こっちこそありがとだよぉー！　これ絶対めっちゃ売れる

やつぅううう！　こうちゃん大金持ちになっちゃうよぉ！』

キャラクターのデザインをしてくれたたこうちゃん。

そして御嶽山監督を初めとしたスタッフのみんな。

ＰＶを作るために奔走してくれた芽依さん。

たくさんの人たちが力を合わせて、この素晴らしい作品を作ってくれた。

今はただ、そのことがうれしくて、誇らしかった。

「うぉおおお！　勇太ぁあああ！」

父さんが拘束をぶち破って、僕のことを正面からハグする。

「僕心は歴史に名を残す凄い作品になるぞッ！　アニメを見て確信したッ！」

ドンッ……！　と父さんが自分の胸を叩く。

「あとは出版社《ぼくたち》が責任を持って、たくさんの人の心に送り届けてみせる！」

「父さん……！」

「お父さん……なんか、久しぶりにお父さんしてる！」

やっぱりやるときはやる人なんだよねこの人……！

「人気声優と歌手とイラストレーターがいるからって、かっこつけちゃって」

はぁ、と母さんがため息をつく。

「なっ⁉　なぜそれがバレたんだい⁉」

「息子のために頑張るおれかっけー……そんな下心が見え見えでしたよ」

「うう……いやでも……ほんといい作品だと思うし、頑張るのはほんとだよ母さん？」

「当然です。愛する息子の生み出した、愛する子供《さくひん》なのですから。……売れなかったら、どうなるかわかってます？」

きゅっ、と母さんが首を絞める動作をする。

「ぜ、全力を尽くすよぉ！」

かくして、新作の準備は整った。さあ、あとは発売日を待つだけだ。

◆

二作目である僕心の発売日が近づいてきたある日のこと。

僕は編集部へとやってきていた。大会議室にて。

「やぁ我がライバル！　久しぶりだねッ……！」

「白馬《はくば》先生。こんにちは」

高身長に白スーツ、甘いマスクが特徴的。

白馬先生は今日もイケメンでとってもかっこいい！

「先生、何しに来たんですか？」

「それは君と同じだろう、我が宿敵よ。サイン本の作成さ」

会議室の上には、山積みになった文庫本が置いてある。

サイン本とは専門店に配られる、作者のサイン入りの本のことだ。

今回、僕心は初版〇〇〇〇〇〇部（※自主規制）だ。

そのうち一〇〇〇冊がサイン本として世に出る。

「なるほど……じゃあ」

「うむ……では……」

僕らは互いに、山積みの本から自著を一冊手に取ると……。

「「サイン、ください……！」」

何を隠そう、僕は白馬先生のファンだ。

一方で白馬先生も僕の作品をいつも楽しみにしてくれている。

お互いにサインを書いて、本を渡す。

「ありがとうございます！」

「こちらこそ、君のサイン本をもらえてとてもうれしいよ」

ややあって。

サインペンを片手に、僕らは並んでサイン本を作る。

一般的にサインはカバーをめくって内側の扉にする。

「カミマツくん、読んだよ。今度君が出す新作」

「まじですかっ！ ど、どうでしたか……」

フッ……と白馬先生は前髪を格好よくかき上げる。

「完敗だ」

すがすがしさを感じる笑みを浮かべながら、先生が両手を挙げる。

「見事の一言だった。あれは歴史に名を残すレベルの超傑作だ」

「あ、ありがとうございます！ 先生に言ってもらえると……超うれしいです」

大好きな作品の作者に褒められた！ うれしい！

あ、そっか……由梨恵たちもこういう気持ちだったのかもなぁ。

「ウェブ版からだいぶ手直ししているのだね」

「はい、ウェブ版から作品を好きになって本を買ってくれた人たちにも喜んでもらいたかったんで、頑張って手直ししました」

「素晴らしいプロ意識だ。さすが我がライバル。若いのに大したものだ」

「いや、僕なんてまだまだですよ」

「本当に謙虚な男だね君は。とても好感が持てるよ……って、あれ？」

ふと、白馬先生が目を丸くする。

「君……サインは？」

「え、終わりましたけど……？」

本を一〇冊ごとに山を作って並べる。

「ちょ、ちょっとみしてくれたまえ」

白馬先生はサイン本をとって、パラパラめくる。

「信じられない……もう終わっているではないか……一〇〇〇冊あったのだよ？」

愕然《がくぜん》とした表情でサイン本の山を見やる。

「なんというスピード……そしてサインのクオリティ……見事だ」

「そ、そうですか……あはは、照れるなぁ」

「私なんてまだ一〇〇冊だよ。普通サイン本は一冊作るのにかなり集中力がいるというのに、君は僅かな時間でここまでのものを作るなんてね。……さすがだ」

くっ……！　と白馬先生が顔をしかめる。

「しかも僕は二〇〇冊頼まれてて、君は一〇〇〇冊……人気の差を感じざるを得ないね」

サイン本は普通の本と違って、専門店での買い取りになる。

だから下手したら大損する可能性があるわけだ。

ゆえにサイン本を何冊作るかは、慎重に決められるんだって。

「ぶしつけだとは承知の上で聞くけど、カミマツくん、初版は何部だったのかね？」

初版とは、最初に何部本を刷る（作る）かのことを言う。

僕が部数を答える。白馬先生が目を剝いて、声を震わせた。

「……私の初版の五倍か。さすが、超人気売れっ子作家。だが、納得だね」

先生は手を止めてスマホを取り出す。

ウェブブラウザを立ち上げ、ユーチューブのページを開く。

それは先日公開された、僕心の宣伝用短編アニメだ。

「急上昇ランキング連日一位を取っただけじゃなく、再生数は数日で億を超えた。この絵で、このプロモーションで、内容で……売れないほうが逆におかしい」

ふぅ……と白馬先生は重くため息をつく。

「まさかこんな化け物作品と発売日が同じとはね……参ったよ」

白馬先生の新作も同月発売なのだ。

「編集部の意図としては、私の新作は咬《か》ませ犬だろうね」

「そんなことないですよ！　めっちゃ面白《おもしろ》いじゃないですか先生の新作！」

「ありがとう。でもわかっているのだ。君の作品が私のより優れてるということをね」

ぐっ……と先生が悔しそうに歯がみする。

「だがね……私は負けるつもりはないのだよ！」

表情が曇っていたのも一瞬のこと。

白い歯を輝かせながら、不敵な笑みを浮かべる。

「内容では君に遠く及《およ》ばないかもしれない。しかしこの新作は、イラストレーターや編集者、多くの人たちが死力を尽くして作ってくれた。この本が世界最高の本だと私は胸を張って言える！」

ビシッ！　と先生は僕に指を突きつける。

「私たちの本は……君に決して負けない！　勝負だカミマツ先生！」

「勝負って……売り上げで勝負ってことですか？」

「うむ。どちらがより多くの本が売れるかのバトルだ……！」

なんだろう……すごい、少年マンガっぽいぞ！

「わかりました。僕だって負けません！」

こうちゃんが、由梨恵が、アリッサが……多くの人たちが全力を尽くしてくれた。

確かに白馬先生の本にも思いが込められているだろうけど、僕の本にだって、たくさんの人の努力の結晶が乗っているんだから！

「ふっ……ライバルとの直接対決、燃える展開だね。悪いが、私は決して負ける気はないよ」

と、そのときだった。

「た、大変ですよカミマツ先生ー！」

会議室に入ってきたのは、担当編集の芽依さんだ。

「あ、お疲れ様です。サイン本全部終わりましたよ」

「そんなことより大変大変！」

なんだろうか……？　と僕らは首をかしげる。

「重版が決まったよ！」

「「は……？」」

突然のことに、何を言ってるのかわからなかった。

「め、芽依さん？　重版って……まだ発売日じゃないですよね？」

「そう！　発売前の予約の段階で、こちらの想定している数を大きく上回ったの！　だから緊急で重版することになったの！　しかも初版と同じ数！」

ぶー……！　と白馬先生が血を吐いて倒れる。

「せ、先生！　大丈夫ですか！」

倒れ伏す白馬先生を抱き上げる。

「わ、私の初版の……十倍……だと……ば、化けものめ……がくん」

「せ、せんせー！　せんせぇえええ！」

がくがくと揺すっても、白馬先生は微動だにしなかった。

「ちょっと芽依さん、空気読んでくださいよ！」

「何かしたっけあたし？」

初版の時点で十倍の差をつけられていると知って、ショックを受けてしまったのだろう。

「ふ、ふははは！　ふはははははぁ！」

突如として白馬先生が高笑いをする。

「見事だ……さすが神作家！　圧倒的な実力の違いを痛感させられたよ！　しかし……！」

ぐっ、と白馬先生は立ち上がる。

椅子に座るとサイン本作成を始める。

「勝負はまだ始まっていない。私が負けを認めぬ限り、負けはない……！」

丁寧に丁寧に、先生がサインを書き続ける。

すごい……さすがプロ作家。

どんなときでも仕事を投げ出さないその姿勢……立派だ！

「あ、カミマツ先生。サイン本追加で二〇〇〇冊ね。もう専門店からじゃんじゃん注文が入ってきて困るのよー！　あ、予約特典のタペストリーも作るってさ！」

ドサッ……！

「は、白馬先生！　しっかり！　先生！　せんせぇえええええええええええええい！」

◆

勇太の新刊がそろそろ発売されそうになっている、とある日。

クラス一の陽《よう》キャでイケメンこと中津川《なかつがわ》は、ある一つの問題を抱えていた。
現在勇太たちのクラスは、体育館でバスケの授業中だった。
クラス内でバスケの試合をしている。
「きゃー！　中津川くーん！」
「かっこいいー！　すてきー」
中津川はボールを持って走るだけで、女子たちからの黄色い声援を受ける。
だが彼はギリッと歯がみした。その原因は単純明快。
大桑《おおくわ》みちるが、こちらに全く関心をもたないことが、気に入らない。
授業中、彼女は中津川に熱い視線を送っていたことはわかっていた。
好意があることは明白。
だからみんなでカラオケへ行ったあの日、こちらから声をかけてやった。
しかし拒まれてしまった。ならばと思って……今度は一芝居打つことにした。
自分のパシリであるチンピラたちに、みちるを襲わせたのだ。
そこを華麗に助ける算段だったのだが……結果、失敗。
(クソッ……！　ムカつく……)
中津川はバスケットボールを、スリーポイントラインから放つ。
シュッ……！　とリングをボールが潜ると、女子たちが目を♡にして叫ぶ。

だが……やはりみちるはこちらを見ていない。

あのカラオケの日から今日まで、何度も中津川はみちるにアピールし続けた。

だが何度も何度も追い払われる。

そしてそのうちに、とある一つの事実に気づいた。

「上松……」

クラスでも地味で目立たない、陰キャの少年、上松勇太のことを彼女はジッと見ていたのだ。

数多くの女の心を弄《もてあそ》んできた中津川だからこそわかる。

あの女は、上松勇太に惚《ほ》れている。

(なんでだよ……なんで、あんなクソ陰キャにおれが負けなきゃいけねえんだよ……!)

中津川は今まで、女に一切《いっさい》不自由したことがない。イケメンで高身長。

そして何より、彼の父親は、とある超有名出版社の社長。

ようするに中津川家は、かなり裕福な家庭と言える。

(欲しいものは全部手に入れてきた。あの女もおれのもんだ。だのに上松勇太め!)

中津川の苛立《いらだ》ちは、みちるに振られるたび募っていった。

(……諦《あきら》める? バカ言え。このおれが狙《ねら》った獲物《おんな》を見逃すわけねえだろ! どんな手を使っても必ず手に入れてやるからな……みちるぅ~……)

と、そのときだ。

「上松！　パス！」

勇太にボールが渡ったのだ。今はバスケの練習試合中。

中津川の対戦相手のなかに、勇太がいたのだ。

（……よっしゃ。鬱憤《うっぷん》晴らしてやる）

にやりと内心で笑い、中津川は勇太に近づく。

ボールを奪うフリをして、強く体当たりをする。

どしんっ、と勇太が尻餅をつく。

ディフェンスファールを取られて、試合が中断する。

「すまねえな、上松」

「う、うん……」

転がっているボールを追う勇太。

その手をぎゅーっと、中津川が踏みつける。

「つっ……！」

「……あんま調子のんなよ、クソ陰キャ」

誰かに気づかれる前に、ぱっ……と足を離す。

「ゆ、勇太！　大丈夫なの⁉」

みちるが血相を変えて勇太に近づいた。

彼の手を握ってつぶさに、どこか異常がないかを確かめる。

「う、うん……大丈夫」

ホッ……とみちるが安堵《あんど》の吐息をつく。

そして表情を一転させ、中津川に怒りのまなざしを向けてきた。

「ちょっとあんた！　なに勇太に酷《ひど》いことしてるのよ！」

みちるが本気で怒りをあらわにしている。幼馴染《おさななじみ》である勇太を思うがゆえにだ。

……それがまた、中津川にとっては腹の立つことだった。

(てめえはおれの女だろうがよぉ！　なんでこんな陰キャなんかを……くそ女が)

しかし人目があるため、イケメンのフリをする。

「ぶつかったのは事故だって」

「そのあと勇太の手を踏んだじゃない！　もし骨折でもしたらどう責任とるのよ⁉」

みちるの発言内容に、しかし中津川は首をひねる。

幼馴染がケガしたかもしれない、だから怒るのはわかる。

しかしなぜここまで激怒するのか……。

答えは簡単だ。勇太はカミマツ。言わずと知れた神作家だ。

彼の手から生み出される物語は、巨万の富を生み出す、まさに〝金を生む手〟。

そんな手が骨折でもしたら、どれだけ多くの人や企業が迷惑するか。

だが中津川は、勇太＝カミマツだと知らない。

だからこそ、みちるの怒りが不思議でならない。

（……そういうことか。みちるのやつ……このクソ陰キャと付き合ってるのか！）

そんなふうに誤解してしまうのも無理からぬ話だ。

自分の恋人であるからとなれば合点がつく。

（こうなったら強引にでも、奪ってやるぜ）

◆

バスケの授業が終わり、大桑《おおくわ》みちるはボールを体育倉庫に戻しに来た。

体育当番だった彼女が作業していた……そのときだった。

「よぉ、みちるぅ～」

そこにいたのはクラスメイトの中津川だ。

後ろ手に扉を、そして鍵《かぎ》を閉める。

「な、なによ……」

にじり寄ってくる中津川に嫌悪感を覚える。

彼からは隠しきれない邪悪なオーラと、そして汚らしい性欲を感じた。

今すぐにでも逃げようとするが、出口は中津川がふさいでいる。

嫌な予感が頭をよぎり、知らず、体がこわばってしまう。

「なぁ、おまえみちるぅ……上松と付き合ってるんだろ？」

中津川の的外れな発言に困惑する。

だがすぐに、暗い気持ちになった。

「……付き合えるわけ、ないでしょ」

もはやみちるは、勇太にとって、一般人以下の存在なのだ。

彼のことを振ってしまい、しかも彼の周りにはたくさんの魅力的な女子がいる。

彼の心にみちるの座る席は残ってない。

だから、付き合ってるのだろうと言われても、見当違いも甚《はなは》だしいことだった。

「とぼけなくてもいいぜ。見てりゃわかる。てめえの目は上松のことしか見てない」

悔しい。よりにもよって、こんなチャラ男に本心を見透かされるなんて。

そうだ。諦めたとは言っても、そう簡単に割り切れるものじゃないのだ。

胸に抱いた勇太への好意。

これは決して消えることがない。たとえ、彼の心が自分に向いてなくっても……。

「……だったらなによ」

「なぁ、あんなやつはやめて、おれと付き合えよ」

……いつだかのカラオケでの続きのように、中津川が一歩一歩近づいてくる。

だがあのときよりもさらに、自分の中にある獣のような性欲を隠し切れていなかった。

彼の目は、完全にみちるの大きな胸と、女性らしい体のラインしか見ていない。

「あんなクソチビよりおれのほうがイケメンで、身長も高い。有望株だろ？」

……確かに、見た目は勇太よりこの男のほうが優れているかも知れない。

だが、それだけだ。

「しかもよ、おれの親父、超有名な出版社に勤めてるんだぜぇ？」

彼の口から出てきたのは……。

「あのデジマスをだしてる、出版社……タカナワの社長なんだぜぇ？　おれの親父」

つまりカミマツの所属しているレーベルの、社長が中津川父だということ。

「……バカでしょ、あんた」

中津川は勇太をケガさせるところだった。

よりにもよってその会社で最も利益《りえき》を出している神作家を、あろうことか傷つけたのである。

「ああ⁉　なんだとてめえ！」

中津川はカミマツ＝勇太だと知らない。

だからみちるが笑った理由がわからない。

「早く勇太に謝っといたほうが良いわよ。でないと大変なことになるわ。断言してもいい」

「うっせえなぁ！　おれに命令すんじゃねえ……！」

中津川が怒りにまかせて、みちるを殴り飛ばしてくる。

頬に激しい痛みを感じてみちるが崩れ落ちた。

自分を見下ろす彼の瞳には、明確な怒りが見て取れる。

怖い……みちるはそう思いつつも踏ん張った。強く気を持たねばこのゲス男に体をむさぼられるだろうから。

「いいからだまっておれの女になりやがれ！」

「死んでもごめんよ！」

みちるから反発され、強硬手段に出ることにしたのか、中津川が覆《おお》いかぶさってきた。

とっさに逃げようとするも、両腕をがっちりつかまれ、地面に押し付けられてる。

彼女は身の危険を感じ、大声で叫びながら抵抗する。

「いやっ！　離して……！」

「うっせえ黙ってろ！」

中津川は、半ばムキになっている。どんな女も手に入れてきたプライドが、みちるをなんとしてでも手に入れようと急《せ》かしているのだろう。

「大丈夫、おれ、自信あるんだぜぇ。おれなしじゃいられない体にしてやんよぉ……」

どうやら無理矢理犯して、屈服させようとしているようだ。

心を我が物にできないならば、体で言うことを聞かせようとする。

男の風上にも置けない所業だった。

「助けて！　勇太ぁ！」

「へへ……生きのいい女……すぐにヒイヒイ言わせてやるよぉ……」

みちるの体操着をずりあげて、肌に触れようとしてくる。

抵抗しても無駄だと、みちるは悟る。そしてこれは……天罰なのだと諦めた。

神の心を傷つけた、その報いを自分が受けているのだと。

なら……甘んじて受け入れよう。大声で叫ぶのを、みちるはやめる。

助けを呼んだって、どうせ勇太《ゆうた》は来てくれないのだから……。

「やめろー！」

突如、何かが勢いよく飛んできて、中津川の顔にぶつかった。

「へぶっ……！」

完全に油断していたところに衝撃が加えられた。

中津川は大きくよろける。

体育倉庫の入り口にいたのは、上松勇太。

彼は近くにあったバスケットボールを投げて、中津川の動きを止めたのだ。

「みちるに……僕の幼馴染に、何するんだバカヤロウー！」

中津川は愚かにも、小説界の神の逆鱗《げきりん》に触れてしまったことに、気づいていなかった。

第7章　さよなら、勇太

僕が異変に気づいたのは体育の授業後。

みちるがなかなか教室に帰ってこなかったのが気になったのだ。

体育館へ戻ると、倉庫からみちるの悲鳴が聞こえた。

教官室へ急行し、鍵《かぎ》を借りて入ってきたら、彼女が同級生の中津川《なかつがわ》に襲われていたのだ。

「勇太《ゆうた》……ゆうたぁ～……」

みちるは涙を流しながら、僕に駆け寄ってくる。

彼女は震えていた。すぐに何があったのかわかった。僕の体が、怒りで震えた。

「よぉ、上松《あげまつ》。なんの用だよ」

高身長でイケメン、クラスでもリーダー的存在の陽《よう》キャ、中津川。

特段彼に対して何の感情も抱《いだ》いていなかった。

けれど幼馴染《おさななじみ》が、青い顔をして涙を流している。知らず……声が怒りで震える。

「……なんの用だ、じゃないだろ。おまえ、みちるに何したかわかってるの？」

彼女を押し倒して無理矢理犯そうとしていた。

未遂だったとはいえ、彼女が心に深い傷を負ったことは明白だ。

気の強いみちるが、ここまで青ざめた顔をして、震えているんだから……。

「何をした？　え、おれ、なにかしたかぁ～？」

腹の立つような声音《こわね》で、中津川がとぼけたように言う。

「ふざけるな！　みちるをレイプしようとしただろ？」

すると中津川はイラつく笑みを浮かべて、こんなことを言う。

「は、ちげーし。そいつから誘ってきたんだぞ」

「みちるから……誘ってきた……？」

ニヤニヤと笑いながら彼が言う。

「そーだよ。こいつよぉ、おれのことを呼び出して、誘惑してきたんだ」

中津川が悠然《ゆうぜん》と近づいてくる。まるで小動物を前にしたライオンのようだ。

自分のほうが絶対的に立場が上だと、そう思ってるのだろう。

「じゃあ、彼女の悲鳴はどう説明するんだよ」

「いざ本番ってなったら急に騒ぎ出してきてよ。きっとあれだぜ、美人局《つつもたせ》ってやつ？」

「……あくまで、とぼけるつもりなんだね。悪いのは自分じゃないと」

「とぼけるも何もぉ、おれは全く悪いことしてまっせ～ん」

彼が顔を近づけて、僕に憎たらしい笑みを浮かべる。

「こいつをレイプしようとしたっていう証拠あんのかよ？　なぁ。最初から見てたのか？」

確かに僕が直接目にしたのは、押し倒されているみちると、組み敷こうとした中津川の姿。

そこに至る経緯の、一部始終を見ていたわけじゃない。

「いいや」

「だろぉ？　悪いのはてめぇの幼馴染だぜ。善良な生徒をはめようとしたんだからよ」

僕は背後のみちるを見やる。彼女は震えていた。

……それで十分だった。

「中津川。確かに僕は、ここで起きたことを、一から十まで見ていたわけじゃない」

「だろぉ〜？　な、悪いのはこいつなんだよぉ」

ぎゅっ、とみちるが唇をかみしめる。

泣きそうな……しかし、どこか諦《あきら》めたような表情になった。

「いいや、違うね」

驚くみちると、そして中津川。

僕は……拳《こぶし》を強く握りしめる。

中津川の顔面めがけて思い切り拳をたたき込んだ。

「ぶべらぁ……！」

まさか陰キャの僕が殴るとは思っていなかったのだろう。

中津川は僕のパンチをもろに食らう。

「悪いのはおまえだ、この陰湿クソ野郎！」

倒れ伏す中津川を見下ろしながら、僕は言う。

じわりと僕の右手から、血が滲《にじ》んでる。

それは中津川のものでもあり、僕の血でもあったが……痛みは不思議と感じなかった。

「どうして……あたしを信じたの？　だって……あんたを手ひどく振った女なのに……」

みちるが呆然《ぼうぜん》とした表情で僕に尋ねてくる。

「上松ぅうううう！　てめえ！　何しやがる……！」

中津川は立ち上がると、僕の胸《むな》ぐらを摑《つか》む。

激昂するこいつを見ても不思議と恐怖を感じなかった。怒りが人を冷静にするのかな。

「何って……彼女をレイプしようとした暴漢を、殴っただけだよ」

「てめえはこのおれよりも、このクソ女を信じるってのかよ⁉」

「もちろん。当然だろ？」

「なんでだよ⁉」

「僕の幼馴染が、どんな人間か知ってるからだよ」

みちるを見やる。震えて泣いてる彼女を、安心させるように、笑いかけながら。

「彼女は好きと思い込んだら一直線になるような子さ。一途すぎるところが玉に瑕《きず》だけど」

驚愕《きょうがく》する中津川をにらみつけ、堂々と言う。

「でも……嘘《うそ》は絶対につかない」

彼女は攻撃的なところもあるし、短慮なところもある。

でも彼女はいつだって素直だ。いい意味でも、悪い意味でも。

僕は知っている。彼女の幼馴染だから、よく知っている。

「この場で何が起きたのかは見てない。けど彼女が嘘をつかない子であることは、誰《だれ》よりも近くで見てきた。僕が、よく知ってるんだ」

中津川に向かって指を突き立てて叫ぶ。

「おまえのような嘘つきな最低男と、僕の幼馴染を一緒にするな！」

「くそ陰キャがぁあああ！」

バキィ……！　と中津川が僕を殴り飛ばす。

「勇太！　よくも勇太を……この……！」

手を向けて、彼女を制する。

「彼女に謝れ」

「おれに命令するんじゃねえよカスが……！」

中津川もう一度殴ろうとする。

僕は素早くポケットからスマホを取り出し、黄門さまの印籠のごとく突きつける。

「殴りたきゃ殴れよ。ただし、これを証拠として提出するからな」

「なっ……!?　て、てめえ……ま、まさか……」

「一部始終が、録音されてるよ。最近のスマホって、ボイスメモがあるから便利だよね」

中津川がたじろぐ。

そうだよな、おまえだって問題起こしたくないもんな。

「ただ残念なことに、僕が来る前のことまでは録音されてない。僕がおまえを殴って、おまえが僕を殴った。そこまでの記録しかない」

「じゃあ……！」

「でも君は確かにみちるに酷《ひど》いことをした。謝れ。謝るなら……提出しないでやるよ」

中津川は顔を真《ま》っ赤《か》にする。

「調子に……乗るなよ……底辺の屑《くず》め……！」

つばを飛ばしながら、中津川が言う。

「おれはなぁ！　てめえら屑とはちげえんだ、勝ち組なんだよ！」

「へえ……勝ち組。おまえなんてちょっと顔が良いだけの同級生じゃないか」

「うるせえ！　良いかよく聞けよ！」

にやり、と中津川が邪悪に嗤《わら》う。

「おれの親父はなぁ！　あのデジマスをだしてる、超有名出版社の社長なんだぞぉ……！」

さも偉そうに、彼が語ってきたのは……あろうことか父親自慢だった。

なんという小物。こんなのが大事なみちるを傷つけたのかと思うとむしろ腹立った。

「出版界で知らないものはいないってレベルの大企業の社長令息なんだぜ！　てめえらとは住む世界の違う人間なんだよ、おれはなぁ……！」

どうだまいったか、みたいな顔をしてくる。

けどどうとも思わなかった。住む世界が違うとか知らないよ。

小説のこと以外はよく知らないんだから。

「な、なんだよその反応……」

「別に。そっか、きみデジマス出してる出版社の社長の息子なんだ。へえ……」

たぶん、父親を引き合いに出して、マウントを取ろうとしたんだろうね。

自分に手を出したら、背後にいる巨大な勢力が僕を潰《つぶ》すぞ……みたいな？

……まったく、愚かなことだ。

「ちなみにさ、デジマスの作者って誰か知ってる？」

「はんっ！　んなもん誰でも知ってるよ。カミマツだろ？」

「そっか。ありがとう。知りたいことは知れたから」

中津川が困惑しているようだ。

だよね、けど、この場において事情を知らないの、おまえだけだよ。

「と、とにかく！　てめえらがいくらほざいたところで、社会的な信用度はおれのほうが上！」

ぺっ……！　と吐き捨てるように、中津川が言う。

「その女がいくらわめこうと、陰キャのお前がいくら庇《かば》おうと、レイプしようとした物的証拠がない以上、社会的地位の高いおれの言葉のほうが信用されるんだよ！」

確かに、あの大きな企業の社長が父親となれば、社会的な信用度は高くなるだろう。

だが僕は、言ってやった。

「え、でも君のお父さんが偉いだけで、君は別に偉くもなんともないよね？」

中津川が顔を真っ赤にして歯ぎしりする。

「う、うるせえ！　親父に頼めば、て、てめえの父親なんてクビにできるぞぉ！　親がどこに勤めてようと、あの出版社のブランドは何かしらに関《かか》わってる！」

「父親に頼ることしかできないんだ。可哀想《かわいそう》だね君」

「う、うるせぇえええええええ！」

もう一発、中津川が殴ろうとしてくる。

けど向こうは怒り心頭で、こっちは冷静。単調な攻撃を避けることなんてわけない。

「ぶべっ！」

勢い余って中津川が顔からコケる。

「別に。お父さんに頼めば良いよいくらでも。でもね……先に言っとくよ」

僕は中津川を見おろしながら言う。

「みちるに謝らない限り……僕は君を絶対に許さない。いいか、絶対だぞ」

「だから……おれに命令するんじゃねえ……！」

と、そのときだった。

「おいおまえら！　中で何やってるんだ！」

体育指導の先生が、騒ぎを聞きつけてやってきたのだ。

「く、くそ！　おいどけ！」

彼は肩を怒らせながら、倉庫から出て行く。

「中津川！　謝れ！　でないと一生後悔するぞ」

「後悔するのはてめえのほうだ！　ばーーーーか！」

何が起きたのかと先生が困惑している様子。

一方でみちるは僕の体に抱《だ》きついて、震えながら涙を流す。

「……勇太。ごめんね。痛かったよね」

……僕は、中津川を殴った自分の手の痛みよりも、幼馴染が泣いてる姿を見てることしかできない心のほうが、辛《つら》かった。

「謝らないでみちる。謝るのは……あいつのほうだから」

◆

中津川が上松勇太に手を上げた日の夜。彼の自宅にて。

「この、バカ息子がぁあああああ！」

中津川は自分の父親から思い切り殴り飛ばされた。

突然のことに何が起きたのか、さっぱり理解できない中津川。

一方父は怒りで顔を赤くしながら、息子を何度も殴る。

「馬鹿《ばか》者が！　貴様！　誰に！　何をしたのか！　わかってるのかぁ……!?」

「や、やめてくれよ親父ぃ～……」

なんで殴られる？　なぜ、父は怒ってるのだ……？

それに対して父親は、明快な答えを、無知なる息子に叩《たた》きつける。

「貴様は、よりにもよって我が社の大事な神作家を、傷つけたんだぞ……！」

父がよくわからないことを突然いいだし、中津川が困惑する。

「お、親父……いったいどういうことなんだよ……？」

急に父親からボコボコに殴られた理由を、父に求める。

「……貴様、デジマスという作品の作者を知ってるな？」

「も、もちろん……カミマツって作家だろ？」

「編集を通してデジマス、および僕心《ぼくここ》の権利を引き揚げたいと言ってきたのだ！」

デジマスはいわずもしれた大ヒット作品。

映画版は五〇〇億を稼いだ化け物コンテンツだ。

僕心は発表前からアニメ化が決定しており、第二のデジマスと期待されている。

それらの版権を引き揚げるとは即ち、保証されていたはずの莫大《ばくだい》な利益《りえき》を失うということ。

「そ、それとおれが殴られることと、何が関係あるんだよ……？」

怒り心頭の父を見上げながら、中津川が半泣きで言う。

「……カミマツは版権引き揚げの理由をこう語っている。自分の幼馴染は、社長の息子にレイプされかけた。そんな酷いことをする人の親の会社で、仕事をしたくない、とな」

……どこかで聞いたような話題だ。

脳裏《のうり》にとある人物の姿が浮かぶ。

「カミマツって……まさか……」

「そうだ！　貴様のクラスメイト……上松勇太のことだ！」

頭をハンマーで殴られたような衝撃を、中津川は覚える。

「そんな……あんな、冴《さ》えない陰キャ野郎が……神作家だと……？」

自分よりも劣っていると見下していた相手が、実はとてつもなく凄《すご》い人物だった。

その事実は中津川に強烈な劣等感を抱かせる。

あの場において、自分は社長の息子であると主張してマウントを取った。

自分のほうが社会的地位が上であると。

……だが、上松勇太のほうが、中津川より地位は上だったのだ。

恥ずかしさと悔しさで、頭がおかしくなりそうだった。

「どうしてくれるのだ、このバカめ！」

父は拳を強く握りしめて、中津川の整った顔面を殴り続ける。

「デジマスは！　もう二期も決まっていたのだぞ！　僕心もアニメ化が決まっていた！　金の卵を産むガチョウだったのだ！　それを、貴様のせいで、この！　この！　バカ息子めぇ！」

「ご、ごべ……ごべん……なざい……」

顔を痣《あざ》だらけにしながら、中津川は涙を流しながら謝る。

「貴様がわしに謝ってももう遅い！　カミマツはもううちでは書かないと言ったのだ！」

「なっ⁉　出版社を……移籍するってことか……？」

「そうだ！　カミマツの父である副編集長は、担当編集の佐久平《さくだいら》とともに会社に辞表を出してきた。独自に出版社を立ち上げ、そこで僕心とデジマスを出すと言ってきている」

間が悪いことに、僕心は出版契約を結ぶ直前だった。一方デジマスの出版権は、当然中津川父が社長の出版社が持っているものの、原作者の強い意向が（こんな公にできない事情があれば尚更《なおさら》）あれば、手放さざるを得ないだろう。

「既に上に知られてしまった……早晩、わしは呼び出され、クビになるだろう」

「く、クビ⁉　じゃあ……え？　じゃあ……おれは……もう……」

大企業の社長でも何でもなくなる。

自分のアイデンティティである、社長令息という立場を……金を……地位を……失う。

「お、お、親父！　なんとかしてくれよ！　なんとかしてくれよぉお！　金の力でさぁあ！」

中津川は赤子のように泣きじゃくりながら、父の足にすがりつく。

だが父はまるでゴキブリを見るような目で息子を見下ろす。

「誰のせいだと思ってるのだこのバカ息子めぇ！」

思い切り中津川の鼻を蹴《け》り上げる。

鼻の骨が折れて、どくどくと血が垂れる。

「もう我慢ならん！　貴様を勘当する！　この家から出て行けぇ！」

一瞬……頭の中が真っ白になった。

勘当、つまり、親子の縁を切るということ。

社長令息でなくなっただけでなく……金持ちの父すらも……失うということ。

「い、嫌だァ！　嫌だぁああああああああああああああ！」

中津川はさらに泣き叫びながら父の足にすがりつく。

「もう決定事項だ！　さっさと出て行けこのバカめが！」

「いやだぁあああああ！　うがぁあああああああああ！」

◆

その日の深夜。中津川は、上松家を訪れていた。

玄関先に出てきたのは上松勇太だ。

パジャマ姿の彼の前で中津川は跪《ひざまず》く。

「あげまつぅ～……ごめんよぉ～……」

泣き疲れた中津川が、深々と頭を下げてきた。

「おれが悪かった……だから……だから出版取りやめは、やめてくれよぉ～……」

家を勘当された中津川にとって、残された最後の手段。

それは勇太《カミマツ》に謝罪し、発言を撤回してもらうこと。

父が怒っているのは、カミマツが抜けることで会社をクビになることだ。

ならばカミマツが戻ればすべて元通りになる。

……愚かにも、彼はそれだけを考えていたのだ。自分が為《な》した悪行を省みることなく。

「何にもわかってないんだね」

勇太は怒りを通り越して……哀れみの目を彼に向ける。

「ねえ、君はどうして僕に頭を下げてるの？　僕が戻ればすべて丸く収まるから？」

その通りだった。

勇太に内心を見抜かれていたのだ。

「……みちるに悪いことをしたって、君は思わないの」

「え……？」

全く思っていなかった。

そしてそれは、勇太にも伝わってしまったのだろう。

「ねえ、今回一番傷付いたのは誰？　みちるでしょ」

勇太は自分の家の二階を見上げる。

「知ってる？　みちるって、お母さんがいないんだ」

今そんなことどうでもいいだろ。

そう内心思いつつも、泣き落とさなければならない手前、困惑するしかない中津川。

一方で勇太は淡々と続ける。

「みちるを生んでお母さん死んじゃったんだよ。お父さんは出張が多くてさ、いつも彼女はひとりぼっちでさみしそうで……そんな彼女のさみしさを紛《まぎ》らわせたくて、僕は小さな頃から、物語を彼女に言ってきかせてたんだ」

上松《カミマツ》勇太の源流はそこにある。

彼女を楽しい気持ちにさせるようにと、小さな頃から面白《おもしろ》い話を考えて聞かせていた。金のためじゃなく、ただ純粋に幼馴染《おさななじみ》に喜んでもらいたいから。

小さな頃から物語を作ってきたからこそ……彼の創作力は身についていったのである。

「僕にとって彼女は大事な幼馴染なんだ……おまえは、みちるの心を君は傷つけた」

ぎゅっ、と勇太は拳を握りしめてハッキリ言う。

「そんな君を僕は許せない！　絶対に……絶対にだ！」

勇太は完全に怒り心頭だった。

「す、すまねえ……！　謝る！　謝るよぉ！　だから戻ってきてくれよぉ～……」

「……だから謝るのは、僕にじゃない。彼女にだよ」

勇太が振り返ると、みちるが立っていた。

こんな状態の彼女を一人にしてはおけないと、勇太が家に連れ帰ってきたのだ。

「最後のチャンスだ。心から、彼女に謝れ。そうすれば全部取り消してやる」

勇太は中津川を見下ろす。

「僕が移籍すれば、たくさんの人に迷惑をかける。できることなら、それはしたくない」

デジマスや僕心が出版停止になることで、監督、編集者、声優や歌手、イラストレーター。

様々な人に迷惑をかけることになる。

ただ、勇太は中津川に言わなかったが……。

実はもう、彼女たちには、事前に話はしている。

事情を説明したところ、クリエイターたちは快く了承してくれたのだ。

自分の利益ではなく、作品に携わっていたいからと、彼の移籍を許してくれた。

……とは言え、迷惑をかけることには違いない。

ゆえに勇太は、最後の提案を中津川にしたのである。

「うぐ……ぐす……うぅぐぅ……」

ふらふらと中津川は立ち上がると、みちるの前に跪く。

びくんっ！　とみちるは体をこわばらせた。

彼に襲われた恐怖が脳裏をよぎったのだろう。

だが勇太は彼女に近づいて、その両肩に触れる。

「大丈夫。僕がついてるから」

「…………………うん」

みちるの体の震えは止まる。

そんななかで中津川は深々と頭を下げた。

「大桑《おおくわ》……さん。大変……申し訳……ございませんでした……」

地面に頭をこすりつけながら、中津川は絞り出すように言う。

「あなたの……心に深い傷をつけてしまったこと……心からお詫《わ》び申し上げます」

中津川は一度顔を上げる。

彼のイケメン顔は、父に殴られ腫《は》れ上《あ》がり、涙と鼻水でぐしゃぐしゃになっていた。

再度、彼は深く深く、土下座する。

「本当に……本当に……すみませんでしたぁ……」

その後、みちるが中津川を許したことで、手打ちとなった。

泣きじゃくりながらトボトボと去っていく背中を、勇太とみちるは見送る。

これで彼女の傷ついた心が、少しでも癒《いや》されてくれればいいのだが……。

「…………」

しかしみちるの表情は曇ったままだ。

「どうしたの、みちる？　まだあいつに恨みでも……」

「ううん……違うの」

みちるが見つめる先にあるのは、包帯のまかれた勇太の右手だ。

学校での騒動の際にケガを負ったのである。

「ごめん、ごめんなさい……」

「なんで謝るんだよ？」

みちるが涙を流す理由を、勇太は察してあげられなかった。

◆

移籍騒動があってから、しばらく経《た》ったある日。

僕は近くの病院で診察を受けた。

先生にお礼を言って、診察室を出ると……。

「「「勇太ぁあああああ！」」」

わっ……！　と大勢の人たちが、僕に押し寄せてきた。

父さんと妹の詩子《うたこ》。担当編集の芽依《めい》さん。

声優の由梨恵《ゆりえ》、歌手のアリッサ、イラストレーターのこうちゃん。

「うぉおおお！　勇太ぁあああ！　どうだったぁ！　右手は治ってるのかい⁉」

「あなた♡」

僕の付き添いで診察室に入っていた母さんが、父さんの前に立つ。

「ハッ！　ぼくこれ知ってる！　この流れは知ってるぞぉ！」

父さんは首の後ろを手で守る。

「へっへーん！　手刀で気絶させるつもりだろうけどそうはいかないもんね！」

「残念♡」

母さんは父さんの股間《こかん》を蹴り上げる。

金的を食らった父さんは、その場にへたり込んだ。

「少し黙ってなさい♡」

「か、かあさぁー……ん、ぼくのムスコが……死んだらどうするんだよぉ～……」

「もう使わないでしょ、そんな粗末なモノ」

「ひどいぃ～……」

騒いでいたら看護師さんに怒られたので、僕らは移動する。

ちょっと大きめの病院だったので、待合スペースまでやってきた。

「それでおにーちゃん、右手……どうだった？」

僕の右手には、つい先日まで包帯が巻かれていた。

中津川を殴ったとき、少し骨にひびが入っていたらしい。

「うん。バッチリ。何の心配もないって」

「「よ、よかったぁ～……」」

一同、安堵《あんど》のため息をつく。

「勇太くん治ってよかったね！」

「……もう治らないかもと思ったら、眠れない日が続いて……」

『うわーん！　なおってよかった！　養って貰《もら》えなくなったらどうしようかと！』

由梨恵、アリッサ、こうちゃんが、それぞれ無事を喜んでくれる。

芽依さんがため息をつきながら、僕を見て言う。

「先生、治っても無理しちゃだめですからね。執筆はもうちょっとお休みしてください」

「いや、大丈夫ですって。右手使えなくても、左手で打てますし」

「ダメです。アタシ知ってますよ、もう左手でこっそり執筆してたこと」

じろり、と芽依さんににらまれる。

うう……バレてる。由梨恵とアリッサが不思議そうに首をかしげて聞いてくる。

「執筆？　勇太くん、何か書いてるの？」

「……ウェブ小説はおやすみしてますよね？」

「書き下ろしの仕事。父さんと芽依さんが立ち上げる、新しい出版社での仕事」

事情を聞かされてなかった詩子が、父さんに詰め寄って言う。

「お父さん、新しい出版社ってなに⁉　どういうこと？」

「うん。ぼく、あの会社辞めることにしたんだ」

父さんがあっけらかんと言う。

「あー、ついにクビかー。いつか切られると思ってたよ」

「ち、違うよ！　自主的に辞めたのッ！」

「自主的？　ねえお母さん、本当なの？」

父さんじゃなくてなぜ母さんに聞くんだろうか……。

「ええ。本当ですよ。この人は自分で辞めたの」

「どうして辞めたの？　だっておにーちゃんの移籍って取りやめになったんでしょ？」

中津川の土下座を見て、版権を引き揚げることは取りやめにした。

同時に父さんと芽依さんの辞表も取り消しになったんだけど……。

「社長は、息子たちを酷い目に遭わせた。ぼくはそれが許せなかったんだ」

「お父さん……」

「それにあのレーベルにいたらほら、勇太は仕事しにくいかと思ってね」

父さんがちらっ、と待合スペースの大きなテレビを見上げる。

【中津川社長、辞職】

今回の騒動がきっかけとなって、余罪がボロボロと出てきたらしい。

それも、不自然なくらい、速《すみ》やかに。

おかげで臨時の株主総会が開かれて、中津川父は社長の座を退くことになった。

息子である中津川も、みちる以外の女の子にも、裏でたくさん酷いことをしていたらしい。

中津川父が金と権力を使ってもみ消していたんだって。

今回の件でそんな後ろ暗いことが全部白日の下にさらされた。

おかげで中津川も少年院に入れられたそうだ。

「社長解任騒動で会社はゴタゴタするだろう。ま、勇太がいるからレーベルが潰れることはないだろうけど、将来的にどうなるかわからないからね。だから出版社を立ち上げて、もしレーベルが消えたとしても、勇太の本が出せる場を用意しておこうかなってさ」

「だから、自分で会社を？」

「うん。大企業やめちゃったから、給料も激減するし、迷惑かけちゃうと思う。ごめんね」

ぺこ、と父さんが僕ら家族に頭を下げる。

「あはは！　いやぁ、でもほらうちには勇太がいるし安心だ！　みんなが金で困ることはないよ！　ほらぼく元々上松家の寄生虫だったし……わぷっ」

母さんが父さんのことを正面から抱きしめる。

ぎゅー、と。けれど愛《いと》おしいものに触れるように、優しく。

「息子のために仕事を辞めるなんて、誰でもできることじゃありません。わたし、不器用ながら一生懸命家族のため体を張ってくれる……あなたが好きですよ」

「こ、子供たちが見てるよぉ～？　ムスコがほら、ね、びんびんです……へぶっ！」

父さんが二度目の金的を食らってその場に崩れ落ちた。

「お父さん、ちょっとカッコいいって思ったのにダメダメだね」

「ほら、編集長。立って、仕事に戻りますよ」

芽依さんが肩を貸して、父さんを立ち上がらせる。

父さんは新レーベルの編集長。芽依さんは副編集長になるんだって。

「今日くらいはいいじゃないか。復帰おめでとうパーティをしようと思ってたのにぃ〜」

「それは夜やりますから。ちゃんと仕事してきてくださいね、あなた」

父さんは芽依さんと一緒に病院を去って行く。

「ではお母さんは詩子と先に戻ってますね」

「うん。付き添いありがとう、母さん」

「ゆーちゃん。あなたが無事で、本当に本当によかった……」

深く安堵の吐息をつく母さん。

僕が右手を負傷して帰ってきたとき、母さんは真っ青《さお》な顔をしていた。

「みちるちゃんを守るためとはいえ、無茶しすぎです」

「うん……ごめんね。次からはちゃんと相談するよ」

母さんは抱擁をとくと、僕の頬《ほお》にキスをする。

「これからも困ったことがあったら頼っていいんですよ。家族なんですもの」

母さんは笑いながら手を振って、妹とともに去って行った。

「えっと……みんなも、ごめんね」

由梨恵とアリッサ、そしてこうちゃんに、僕は頭を下げる。

移籍騒動や右手の負傷で、かなり彼女たちに心配をかけてしまった。

「謝らないで勇太くん。あなたがしたことはとても立派な行為だよ」

「……ええ。勇気ある素晴らしい行いでした。さすがユータさんです」

『気にしないで！　かみにーさまが元気ならそれで十分！　あと養ってくれたらＯＫ！』

みんなが笑ってくれている。僕はそれが本当にうれしかった。

と、そのときだ、僕は彼女と目が合った。

「あ！　みちる……！」

彼女は病院のガラス窓の向こうから、僕らを見ていた。

僕と目が合うと、静かに微笑《ほほえ》んで、スマホを操作する。

やっと笑ってくれたのは喜ぶべきなのに、何故か不安な気持ちが押し寄せてくる。

ピコンッ♪　と僕のスマホに通知が来た。

『おばさんから聞いたわ。右手、治ってよかった』

……みちるも心配してくれてたんだ。

彼女は微笑を浮かべると、またスマホを操作する。

『迷惑かけてごめんね。もう二度とあんたの前には現れないから』

「え……？　ど、どういう……」

『あんたのこと、誰よりも応援してるから。がんばって』

僕はスマホから目を上げる。

彼女は小さく、口をパクパクさせた。

窓越しだったけど、何が言いたいのかは伝わってきた。

「さよなら、勇太」

寂《さび》しそうな目をした後、彼女は去って行こうとする。

「さようならって……なんだよ……」

二度と僕の前には現れない？　なんでそんな寂しいこと言うんだよ……。

彼女の悲壮な決意表明に対して、僕は……。僕は……。

エピローグ

勇太のお話は、**すごく面白いよ！**

koukousei WEB sakka no moteseikatsu

上松勇太《あげまつゆうた》の幼馴染《おさななじみ》、大桑《おおくわ》みちる。
彼女は一人、自宅のベッドに横になっていた。
今は七月下旬。ごたごたがあって、気づけばもう夏休みだ。
蒸し暑さに辟易《へきえき》しつつ、けだるい表情で窓の外を見やる。
「……もう、お昼か」
勇太にさよならを告げた後。
彼女はタクシーに飛び乗って自宅に帰ってきた。
中津川の暴行未遂事件からずっと引きこもり、学校を休み続けている。
まだ父は何も言ってこない。みちるの父は海外にいるから。
でもそれだけじゃない。父は娘にあまり……というか全く関心がない。
母が死んだことが原因だろう。
アルバムで見たことのある、若い頃《ころ》の母と今の自分はそっくりなのだ。
娘を見て故人（妻）を思い出してしまうのだろう。

「…………」

寂《さび》しさを埋めてくれたのは、いつだって幼馴染と、彼が紡《つむ》ぐお話だった。

けどいつしか彼がいることが当然になった。

失って初めて、みちるは失ったものの大切さを知った……。

「もう……手遅れだけどね……全部……」

勇太ともう二度と会わないと約束した。

だってそうでもしないと、彼にいつまでも頼ろうとしてしまうから。

きっとあの優しい幼馴染は、自分が困ったら、どんなときだって助けてくれる。

でも、そのせいで彼にケガをさせてしまった。

もう彼に頼ってはいけない。

自分は彼を振ったのだ。彼との関係は完全に……断ち切れたのだ。

改めて彼のことを考えたら、胸がとても痛んだ。

「……気晴らしに、買い物でもいこうかな」

カレンダーを見やる。今日の日付が二重丸で囲われていた。

今日は大好きな作家の新刊『僕の心臓を君に捧《ささ》げよう』の発売日だ。

勇太がカミマツと確信してから今日まで、みちるはカミマツ作品を読めないでいた。

色々あって読む気になれなかったのだ。

でも彼との関係に一段落付いた今なら、読めるかもしれない。

「買いに行ってみよ……」

身支度を調えて、みちるは近くの本屋に足を運ぶ。

平日昼間ということで、本屋には閑古鳥《かんこどり》が鳴いていた。

みちるはラノベコーナーへと足を運ぶ。

「あれ？　ない」

新刊コーナーに、カミマツの最新作が見当たらないのだ。

「おじさん。カミマツ……先生の、新刊は？」

顔見知りの店長が、みちるを見て「ああ」とうなずく。

「売り切れだよ。今朝《けさ》開店した瞬間に全部売り切れちゃったね」

「そんな……」

「瞬殺だったよー！　いやぁすごい！　デジマスの作者の新刊だけあって、注目度高いからねぇ！　ＰＶもよかったし！」

神作家の新作、人気絵師の表紙、そして超高クオリティな宣伝短編アニメとエンディング曲。

なるほど、これで売れないほうがおかしい。

「入荷予定は？」

「随分と先だろうね。知り合いの店も在庫切れだってさ。だいぶ多めに入荷したんだけどね」

「いやほんと神作家は凄《すご》いよ！　ＳＮＳじゃ発売初日で全国の書店から僕心《ぼくこ》が消えたって言ってたし！　発売前重版の上に、発売初日重版も決まったらしいよ！　いやぁほんとにカミマツ先生は、出版業界に舞い降りた救世主……！」

「そう……」

みちるはため息をついてその場を後にする。

別の本屋を何軒かハシゴしたが、どこも売り切れだった。

遂には電車に乗って秋葉原《あきはばら》へ行き、アニメショップを回ったが……全滅。

フリマアプリでは僕心の新刊が、なんと一〇万円で取引される状況。

「六六〇〇円のラノベが一〇万の価値って……ほんと……すごいわ……」

みちるは電車に乗りながら、弱々とつぶやく。

電車の中刷り広告にも僕心のキャラが大きく描かれていた。

彼女は広告に向かって手を伸ばす。そこに併記されている作家の名に、しかし手は届かない。

「……すごい、すごいよ……勇太。あんたが……すごく、遠いわ」

ややあって、みちるは自宅へ向かってトボトボ歩いていた。

結局いくら探しても僕心は見つからなかった。

ウェブで読めはするけど、大好きな作家の作品は初版で紙でそろえておきたかった。

「……勇太のところにいけば、見本誌があるかも」

作者に贈られる見本誌。

欲しいと言えばあの優しい彼のことだ、喜んでくれるだろう。

「……バカね。アタシ……もう会わないって決めたのに」

小さく自分を嗤《わら》い歩を進める。

誰《だれ》も待ってないはずの家にやってきた……そのときだ。

「あ、みちる」

上松勇太が、玄関先に座っていたのだ。

「ゆ、勇太……？」

もう二度と会わないと決めた相手がそこにいた。

心にそう決めたのなら、無視して家に入ってしまうのがベストな選択だろう。

頭で理解していても、みちるの足はその場から動かなかった。

彼を諦《あきら》められない心が自分にはあるのだと、このとき彼女は気づいてしまった。

みちるが動けないでいる間に、よいしょ、と勇太が立ち上がる。

学生鞄《かばん》の中から何かを取り出す。

「はいこれ。届けようと思って」

「……これって……僕心？」

「そう。見本誌」

今日一日探し回って、でも手に入らなかった本を……幼馴染がくれたのだ。

「どう……して？」

「ピンポン押したんだけど人の気配ないし。だから本を買いに出かけたのかなって」

ひとつ、疑問に思うことがある。

「……なんで本を買いに行ったってわかるの？」

「だって、みちる発売日には必ず、僕の本買っててくれたじゃないか」

……ああなんでそんな些細《ささい》なことを、覚えているのだろう。

どうして、彼が覚えていてくれただけで、こんなにも心が満たされているのだろう。

ぎゅっ、とみちるが本を抱《だ》きしめる。

「でも品薄だっていうし、買えてないかもって思って、本持ってきた……みちる？」

ぽた……ぽた……とみちるの目から涙がこぼれ落ちる。

泣いてはダメだと思っても……彼の優しさが心の傷口に染《し》みて、涙が頬《ほお》をこぼれていく。

「どうして……あんたは……いつも……だって……アタシ……うぐ……うぇええん……」

◆

その日の夜。みちるは誰も居ない寝室にひとりでいた。

ベッドに座って、僕心を読んでいたのだ。

あの後、周りの目を気にして勇太を家の中に入れたが、みちるは一人自室に籠《こ》もっていた。

一方でこの幼馴染は、頼みもしてないのに、家中を片付け、最後に寝室へやって来る。

「ちゃんとごはん食べてる？　母さんに作ってきてもらおうか」

「……ほっといて」

「でも……」

「ほっときなさいよ！」

みちるは声を荒らげて言う。

なんて身勝手なんだろうと重々承知していても、問わずにはいられない。

「なんで……なんであんたは何食わぬ顔で、アタシに世話を焼くのよ！　言ったじゃない……もう二度と……あんたの前には現れないって……！　なのに……どうして……」

どうして彼は、自分が一番いてほしいときに、側にいてくれるのだろう。

手ひどく振ったのに、彼は隣に居続けてくれるのだろう。

「ごめん。でも……僕はほら、君の幼馴染だから」

「違う！　アタシは……あんたを振ったんだ！　もうあんたとアタシは何の関係もない！」

落ち着いたはずの心はまた乱れていた。

涙を流しながら彼女は叫ぶ。

「あんたは傷ついた！　こんなワガママくそ女のことなんて、忘れちゃえばいいのに！　放っておけばいいのに！　どうして……いつまでもそんな……特別に、優しくしてくれるのよぉ」

いっそ勇太が、みちるに対して嫌悪感を覚えてくれていたほうがよかった。

自分を振ったクソ女だと、憎しみを持ってくれていれば。

あるいはもう二度と関《かか》わらないと、放置してくれていれば楽になれたのに……。

「アタシのこと、嫌いになってよぉ～……」

優しい彼はもう二度と戻らないのだとわかっていたほうが……諦めも付くから。

みちるは罰を求めた。でも帰ってきたのは、彼の優しい声。

「君を嫌いになるわけないだろ」

勇太はいつも通りの笑みを浮かべる。

何年経《た》っても変わらない、色あせない笑顔で言う。

「僕らは幼馴染だもん。その関係は変わらないよ。これまでも、この先も」

男女の仲になろうとして、みちるは失敗した。

だから関係はそこで破綻《はたん》したと思っていた。

でも勘違いだ。みちると勇太をつなぐ糸は、一本だけじゃない。

恋人にはなれなくても自分と彼は幼馴染。二人の間柄は、変わらないのだ。

彼の笑顔も、また同様に。

幼馴染という絆《きずな》は、永遠に失われることはないのだ。

みちるは真《ま》っ直《す》ぐに彼を見て、深く頭を下げる。

「ごめんなさい。あんたを、手ひどく振って。汚い言葉で罵《ののし》って……ごめん」

ずっと……ずっと言えなかったことを、彼女は口にする。

「あんたがカミマツだと信じてあげられなくて、ごめん。あんたが……嘘《うそ》をつくはずないのに、信じてあげられなくって……ごめんなさい」

そう、自分は間違っていたんだ。勇太がカミマツだと確信を得たあの日。

酷《ひど》く尊大な態度を取ってしまった。

付き合ってあげても良いだなんて……馬鹿馬鹿《ばかばか》しい。

自分がすべきことは……嘘つき扱いしてしまったことを謝罪すべきだった。

それができなかった。

浮かれていたんだ。混乱していたんだ。……いや、自分がバカだったんだ。

「もういいよ。そんなこと」

勇太はポケットからハンカチを取り出す。

みちるの涙をハンカチで拭《ぬぐ》ってくれた。

いつだって彼は泣いてるときハンカチを差し出してくれた。

なんで気づけなかったのだろう。

こんなにも優しい、最高の男の子が、自分のそばにずっと居てくれたのに……。

「ねえみちる。もうさ……二度と会わないなんて、そんなに寂しいこと言わないでよ」

勇太はしゃがみ込んで笑って言う。

「君が僕を振っても、僕らの関係は変わらないじゃないか。これからもずっと」

「うん……でも……あんたを傷つけちゃったし」

「気にしてないって。むしろ、僕はキミが傷ついたままでいるほうが……いやだよ」

ね、と勇太は笑う。

本当に……本当に、自分はバカだった。

男女の関係が恋愛だけしかないと勝手に思い込んでいた。

振ってしまったら、もう関係はお仕舞いだと思っていた。

「あんたは、許してくれる？　これからも……アタシが幼馴染でいることを」

「だから、別に許すも何も、今も昔もこれからも、キミはずっと、僕の大事な幼馴染だよ」

胸の穴に、何か温かなモノが流れ込んでくる。

それを言葉にするならなんだろう。

小説家じゃない自分には適切な言葉が思い浮かばない。

けれどこれだけは確かだ。

自分と彼とをつなぐ絆は……幼馴染という関係は、消えることがないと。

「ねえ、勇太。僕心、読んだよ」

「どうだった？」

「最高だった！」

みちるは久しぶりの笑みを浮かべて……こう言った。

「勇太のお話は、すごく面白いよ！」

こうして幼馴染たちの関係は、遠回りの末に、振り出しに戻ったのだった。

あとがき〜 Preface 〜

初めまして、茨木野《いばらきの》である。

このたびは『高校生WEB作家のモテ生活』を手に取って頂き、まことに感謝申しあげる。

小説家になろうに掲載してる小説を改題・改稿の後に書籍化したものである。

さて、今回のあとがきはズバリ、今作の誕生秘話について。

この作品……ウェブのときの名前から取って、以下『神作家』と呼称する。神作家をなぜ書くに至ったのか。それはとても深遠な理由が存在する。とても一言では説明しきれない。が、あえて言うなら「ラブコメが流行ってるから」である。おい一言で言えたぞ。

ラノベ市場を見てみると、右を見ても左を見てもラブコメ作品が置いてある。小生もラブコメを書かないと時代に取り残されてしまうと危惧《きぐ》した次第。

よし、ラブコメを書こう。そうなったとき一番難しかったのは、小生にラブコメの経験がないことであった。小生、こう見えて硬派な男である。三〇年近く男一匹を貫いてきたほどの硬派っぷりである。学生時代も同様。というよりそもそも小生、男子校出身。どこを探しても女子がいなかった。大学時代も男友達とつるんでばかりで女子とのラブもコメも経験したことがない。これは参った……どうすればいいのだ。

「我の出番かな？」

　そのとき目の前に全身から妖気を垂れ流す一人の小男が現れた。

　一見するとキュー●ー人形みたいな全裸の男。小生は通報した。

「待て、我《われ》はラブコメ界の神だ。我の言うとおりにすればラブコメが書ける」

「まじかよ！　するするー！　言うとおりにするー！」

　こうして小生とラブコメ太郎との長きにわたる格闘の日々が始まった。

　ラブコメ太郎曰《いわ》く、別に自身の経験がなくとも小説は書けるだろうとのこと。確かに小生は今までファンタジーばっかり書いていた。でも別に小生にスキルも魔法もあるわけではない。

「それと同様よ。想像でもいい、ようは可愛い女の子との恋愛が書ければいいのよ」

「なるほど！　さすが神！　で、可愛い女の子ってどうやって書けばいいの？」

「そんなのは知らん」

　頼りにならんラブコメ太郎をボコボコにしたあと、小生は可愛い女の子を考えた。そして生まれたのがヒロイン・みちるである。巨乳で、ツンデレで、ポンコツ。可愛い（確信）

「ラブコメ太郎よ、女の子ができたぞ！」

「おめでとう。あとは本編である男女の恋愛を書くだけだな」

「なるほど！　さすが神！　で、恋愛ってどう書けばいいの？」

「そんなのは知らん」

小生はラブコメ太郎を火あぶりの刑に処したあと試行錯誤する。そういえば本棚にラノベ作家もののラブコメがあった。作家主人公とすればいろんな人と関われる。

「主人公を作家にして、コンビを組むクリエイター女子との恋愛！　どうよこれ⁉」

「それなんてエロ●ンガ先生……」

ラブコメ太郎にヒ●カミ神楽《かぐら》をたたき込んだあと、小生は肉付けしていく。昨今ウェブ初の作品が珍しくなくなってきたが、ウェブ初の作家が主人公の作品は少ない。それを書けば目新しいのではないだろうか、と考えた。

「ウェブ作家の主人公が、巨乳ヒロインといちゃいちゃするの！」

「それだけじゃ足りないな。埋もれてしまう。今の世の中ラブコメであふれている。そこで勝ち抜くためには何か斬新な設定が必要だ」

「たしかに！　じゃあ何を書けばいいんだ？」

「そんなのは知らん」

ラブコメ太郎に無●空処をおみまいしたあと、斬新な設定を考える。そこで目をつけたのが異世界転生ものの小説だ。昔から【とても強い主人公が無自覚に無双する】という要素が大ウケしている。ならそれをラブコメに転用すれば、ウケるのではなかろうか。こうして生まれたのが【自分が小説界の神とされてるのに、全く気づいてない鈍感ウェブ作家主人公】

という設定であった。

「できた！　できたぞラブコメ太郎！」

「おめでとう。よく頑張ったな！」

「ありがとう！」

「ところでこれはラブコメなの？」

小生、元●玉をお見舞いしてやった。こうして神作家が完成したのである。

以下、謝辞。

イラスト担当の【一乃《いちの》ゆゆ】様。とても美麗なイラストをありがとうございます。みちるもこうちゃんもみんなキュートでお気に入りです。編集のH谷様。本文のチェックからメンヘラ作家（小生）のケアまで、ありがとうございます。ウェブから拾ってくれた、H野様。あなたが評価してくれなかったら、ウェブでラブコメを書き続けていませんでした。本当に感謝してます。

そして何より、この作品を手に取ってくださった読者の皆様に、深く御礼申し上げる。

二〇二三年二月某日　茨木野

※これで終わりじゃないぞよ。次ページから、話がもうちっとだけ続くんじゃ。

そしてプロローグへ

世界で一番、あんたを愛してるのは、このアタシだぁぁぁぁぁぁぁ！

koukousei WEB sakka no moteseikatsu

あれから一〇年が経過した。

大桑《おおくわ》みちるはウェディングドレスを着て、姿見の前に立っている。

白いドレスに身を包んだ彼女はまさに女神のように美しい。

式場スタッフが微笑《ほほえ》みながら彼女に言う。

「とてもお似合いですよ」

「ありがとう」

みちるはこの一〇年を思い返す。

いろいろあった。いろいろ……あれ？

い、い、い、い、い、
何一つ思い出せないが、まあいい。

今日はみちるの結婚式なのだ。もちろん、主役側である。

「式の準備が整いました。参りましょう」

スタッフと共にみちるは彼のもとへ向かう。

教会のなかにはたくさんの参列者たちがいた。

祭壇の前で待ち受けているのは、愛《いと》しの彼……上松勇太《あげまつゆうた》だ。

「……きれいだ。すごくきれいだよ」

勇太が微笑みをみちるに向けてくる。

うれしくて涙を流しながら……彼女たちは言う。

「「「「ありがとう！」」」」

ん？　とみちるは違和感を覚える。

自分の左右には、同じくウェディングドレスを着た、美少女たちがいた。

「んなぁ⁉　誰《だれ》よあんたらぁああああああああああああああ⁉」

声優・由梨恵《ゆりえ》。歌手・アリッサ。絵師・こう。

そして……みちる。

「ちょっ⁉　勇太どうなってるの⁉　なんで花嫁が四人もいるのよぉ！」

『これぞまさに四等分の花よ……え、出版社が違うからダメ？　さすがに？』

こうがロシア語で何かをつぶやく一方で、勇太が首をかしげる。

「え？　ハーレムなんて今時普通、だよね？」

きょとんとした表情で、勇太が言う。

「一人の男に複数のヒロインがいて当たり前じゃないかぁ」

「そうだよみちるん！」

「……わたしは嫌ですが、ユータさんが望むのなら我慢します」

『ラノベって言ったらハーレムは基本でしょ～?』

わなわな、とみちるは体を震わせる。

ずんずんと近づいていって、勇太の胸《むな》ぐらを摑む。

「ここ日本！　ジャパン！　あんたの書いてるラノベの中じゃないのよぉおおお！」

◆

「はぁ!?　ゆ、夢かぁ……」

みちるがゼェハァと荒い呼吸を繰り返す。

「なんてひどい夢……現代日本でハーレムなんて許されてないのよ、まったく……」

じっとりとパジャマが汗でぬれていた。

みちるはシャワーで汗を流そうと部屋を出る。

「しかし、妙にリアルな夢だったわね……」

夢というものは、朝起きたら忘れてしまうもの。

だというのに、みちるの頭の中には、ウェディングドレスを着た四人の花嫁が残っていた。

まるで何かの暗示のように思えてならない。

ぼーっとしているから、彼女は気づいていなかった。

自分の家とは、シャワールームの場所が違うことに。

汗を流してさっぱりした彼女は、タオルを巻いたままリビングへ向かう……。

「勇太くん！　はい、あーん♡」

そこには三人の美少女たち、そして勇太がいた。

テーブルの上に朝ごはんが並んでいる。

由梨恵が笑顔でフォークに差したプチトマトを勇太に差し出す。

「……どきなさい。ユータさんにごはんを食べさせるのは、わたしの仕事です」

由梨恵と挟む形で、アリッサは勇太に、卵焼きを食べさせようとする。

『あ、こうちゃんは朝ごはんを食べない派なんで。お菓子は食べるけどな。一口いる？』

ぼりぼり、とこうがスナック菓子をつまみつつ、勇太の口にポテチを近づける。

……みちるは思い出す。ここは勇太の家だ。

幼馴染《おさななじみ》として再スタートを誓ったあの日、勇太の家に遊びにいくことになった。

すると彼を待っていたのはこの三人の美少女たち。

由梨恵の提案でみんなで泊まることになったのだ……。

「いやぁ、困ったなぁ～」

勇太がまんざらでもなさそうにしている。

がつーん！　とハンマーで頭を殴られた気分になった。

「そう……だ。そうよ……悠長《ゆうちょう》なこと、言ってられない状況だった……！」

みちるは勇太と仲直りできて、すっかり満足していた。

じっくりまたゼロから、否《いな》、一から関係を築いていけばいいと思っていた。

だが、バカ！　とみちるは自分の頬《ほお》をバチンと叩く。

「うぉ⁉　ど、どうしたのみちる……？」

「あ！　みちるんおはよー！」

この中で唯一《ゆいいつ》交流したことがある由梨恵が、ニコニコしながらこちらを見てくる。

アリッサとこうとはまだ顔見知り程度の間柄。だが二人はすぐに察したようだ。

「……そう、あなたも参加するのね。この戦いに」

『なにぃ⁉　ここで幼馴染がレースに参加だとぉ！』

ふたりとも、みちるが勇太に好意を持っていることに気づいてる様子。

「なんてこと……ああ……なんてことを……」

みちるは頭を押さえてうずくまる。

彼女を襲っているのは、強烈な後悔の念だ。

あの日の放課後、どうして自分は彼を振ってしまったのだろう。

あのときオッケーしていれば、こんな状況には陥《おちい》っていなかったのに！

「だ、大丈夫？」

立ち上がろうとする勇太。

だがみちるは、バッ！　と勇太を手で制する。

「平気よ。大丈夫だから」

もう自分は一度、苦い経験をしている。だからこそ、彼女は立ち上がれた。

「そうよ。次を逃さなければいいだけのことじゃない！」

みちるは今朝《けさ》の夢を思い出していた。

四人の花嫁が並ぶ姿。

あれはおそらく未来の暗示だ。このままだとああなるという。

もしくは無意識の警告だ。勇太の周りには敵がたくさんいるぞという。

「負けない……」

決意に満ちた瞳《ひとみ》で、みちるは勇太の周りの女たちをにらみつける。

「絶対に、あんたたちなんかに負けないんだからね！」

由梨恵は楽しそうに笑っている。

アリッサは敵意をむき出しにしている。

こうはポテチを食べていた。

「いいこと！　今はね、アタシが大きく差をつけられている。けど！　絶対負けないわ！」

この日、みちるは勇太を再び振り向かせるためにあらゆる努力をしようと誓った。

ライバルたちは強く、大分差を付けられはした。

けれど……絶望から這《は》い上がった自分は、負ける気がしないのだ。

「世界で一番、あんたを愛してるのは、このアタシだぁあああああ！」

高校生WEB作家のモテ生活

「あんたが神作家なわけないでしょ」と

僕を振った幼馴染が

後悔してるけどもう遅い」

konkousei WEB
sakka no
moteseikatsu

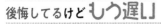

ファンレター、作品の
ご感想をお待ちしています

〈あて先〉

〒106－0032
東京都港区六本木2－4－5
SBクリエイティブ（株）
GA文庫編集部 気付

「茨木野先生」係
「一乃ゆゆ先生」係

本書に関するご意見・ご感想は
右のQRコードよりお寄せください。

※アクセスの際や登録時に発生する通信費等はご負担ください。

https://ga.sbcr.jp/

高校生WEB作家のモテ生活
「あんたが神作家なわけないでしょ」と僕を振った幼馴染が後悔してるけどもう遅い

発　行　　2022年3月31日　初版第一刷発行
著　者　　茨木野
発行人　　小川 淳

発行所　　SBクリエイティブ株式会社
〒106−0032
東京都港区六本木2−4−5
電話　03−5549−1201
　　　03−5549−1167（編集）

装　丁　　鈴木亨

印刷・製本　中央精版印刷株式会社

ISBN978-4-8156-1337-2
Printed in Japan
GA 文庫

試読版は
こちら!